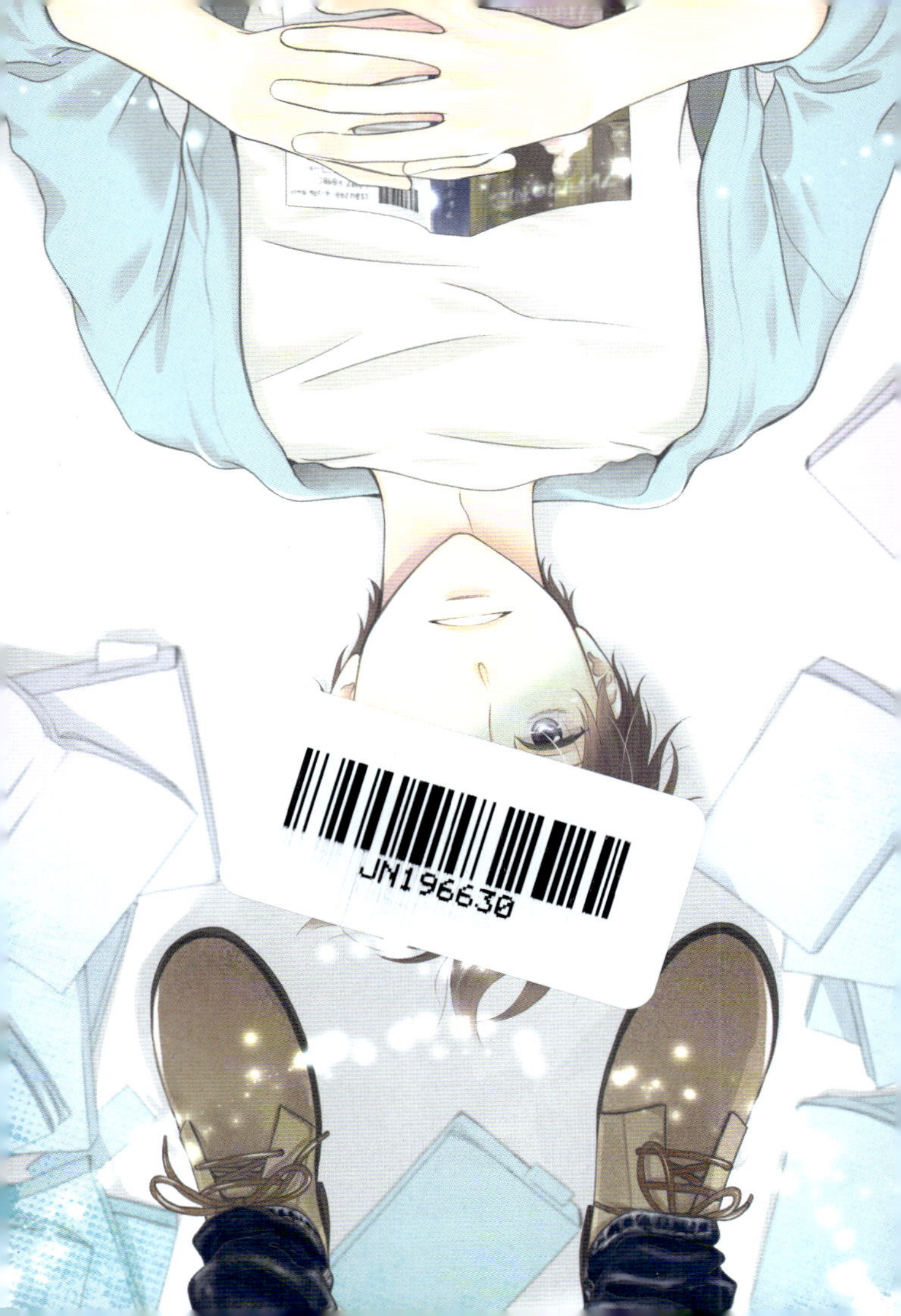

dear+ novel
Sorewa unmeino koidakara・・・・・・・・・・・・・・・・・・・・・

それは運命の恋だから

月村 奎

新書館ディアプラス文庫

それは運命の恋だから

contents

illustration：橋本あおい

それは運命の恋だから

1

「それでは、児島《こじま》くんの結婚を祝って」

上司の仕切りで、ダイニングバーの個室に明るい「乾杯」の声が響く。

山崎拓海《やまざきたくみ》は片隅の席でけだるくグラスを口に運びながら、今日の主役を眺めやった。

今年に入って、同期の結婚話はこれで三人目だ。

一般的には初婚年齢も生涯独身率も年々上昇しているというが、自動車の電装部品メーカーの老舗《しにせ》である拓海の勤め先は、保守的な社風のせいか、今も三十前後で身を固める人間が多い。

「児島もうまいことやったよな」

隣席の同僚、大田《おおた》に話しかけられて、拓海は頷いてみせた。

「相手は秘書課一の美女だもんな」

「羨《うらや》ましい話だよな」

「まあな」

ぞんざいに相槌《あいづち》を打つと、大田はからかうような笑みを拓海に向けてきた。

「羨ましいなんてまったく思ってなさそうな顔だけど？」

拓海は皮肉っぽく笑い返した。

「口先だけでも羨ましがってみせるのが、礼儀ってものだろ？」

「余裕だなぁ。山崎にとっては、あの程度のレベルじゃ美女のうちに入らないって？」

「そんなことは言ってない。ただ、結婚なんていうコスパの悪いことに興味がないだけだ」

拓海の発言に、周囲からツッコミが入る。

「出たよ、コスパ」

「相変わらず醒《さ》めてるな」

「なまじイケメンなだけに、感じ悪さ倍増だぞ」

拓海はただでさえ冷たげに見える奥二重《おくぶたえ》の目でふふんと笑ってみせた。

「だってそうだろ？　気楽な独り身《ひとみ》になんの不満もないのに、どうしてわざわざ結婚とか家庭とか面倒を背負い込むのか、気がしれないよ」

自分でも、感じの悪いことを言っている自覚は充分にある。

拓海の発言は上司にも聞こえてしまったようで、「こらこら」と注意が入る。

「山崎が独身主義なのはよくわかったけど、めでたい席に水を差すのはやめろよ」

拓海は肩を竦《すく》め、今日の主役である児島に、ビールのグラスを掲《かか》げてみせた。

「すみません。児島くんの幸せに心からお祝い申し上げます」

「いらねえよ、そんな心のこもらない祝辞」

同期の気安さで児島が芝居がかって拗《す》ねてみせ、どっと笑いが起こった。

クールで皮肉屋の独身主義者というイメージをしっかり上書きしたことにそれなりに満足して、拓海は一人、一次会のみで離脱した。

数駅分を電車に揺られ、五月の夜の心地よい夜気を足早に突っ切って、マンションへと帰り着く。

一人暮らしの1LDKは、しらっと静まり返っていた。

静けさと暗さが苦手な拓海は、かたっぱしから明かりをつけ、テレビのスイッチを入れる。

ベランダ側の窓に映《うつ》った人影にドキリとなり、すぐにそれが自分の姿だと気付いて、きまり悪く窓辺に歩み寄った。

夜を背景に映し出された自分の顔は、やや目つきは悪いが、周囲の評価を基準にすれば、まあ整った部類に入るのだろう。

身長と年収はまあ平均的。

そのうえで、結婚願望皆無で独りが大好きという属性は、いかにもいまどきの三十歳といったところではないか。

しばし無表情に自分の顔を眺めたあと、拓海は勢いよくカーテンを引いて、自分の取り澄ました顔を視界から消去した。

踵《きびす》を返して寝室に飛び込むと、ベッドにダイブして、大きな青いクラゲのぬいぐるみをぎゅうぎゅうと抱きしめる。

「チクショー、児島のやつ！　羨ましい!!」

こらえていた感情が、唇からほとばしる。

羨ましい、羨ましい、羨ましいったら羨ましい！

別に秘書課の美女に恋い焦《こ》がれていたわけではない。拓海が羨ましいと思うのは、結婚そのものだった。

社会人になってから八年かけて今のクールキャラを確立した拓海だが、本当は結婚というものに心底憧《あこが》れていた。

両親を若くして亡くし、兄弟もいなかったため、家庭への憧れは尽きない。結婚のコスパどうこうなんて本当は考えたこともない。家族のためなら喜んで自分の給料をつぎ込むし、小遣いゼロだって構わない。

だが、拓海にはそれが叶《かな》わない。

なぜなら拓海はゲイなのである。

もちろん、法律的な意味での婚姻《こんいん》は現時点の日本では無理でも、実質的な伴侶《はんりょ》を得ることはできるはずだ。

だが、まず恋愛対象となる相手を発見するのが難しい。

二十人に一人は性的マイノリティだという統計もあるくらいだから、拓海の会社の全従業員を合わせたら、女性も含めて五十人は同志が存在することになる。

しかし入社して八年、拓海は一人としてそうとわかる社員に会ったことはない。

現実社会では、それを公言して生きている人間は少ない。拓海ももちろんひた隠しにしている。

要するに、法的な結婚はもとより、普通に交際しようにも、拓海には出会いの機会がほぼないのである。

いや、手っ取り早く探そうと思えば、そういう場所があることも、手軽なアプリの存在も知っている。だが、それらは拓海の美学に反する。

拓海が伴侶を見つけられない一番の原因は、過剰《かじょう》なまでにロマンチストだということだった。

世間に見せている顔は、自分がゲイだと気取られないため、そして報《むく》われない結婚願望を隠すための、いわばすっぱい葡萄的《ぶどうてき》な演出に過ぎない。

本当は恋と結婚に誰よりも憧れ、夢を抱《いだ》いている。

ハッテン場やら出会い系などの作為的な出会いではなく、運命的に恋に落ちたい。

児島のような自然な社内恋愛も憧れのひとつだし、たとえば通勤途中にぶつかった相手と携帯が入れ替わり、それをきっかけに連絡を取り合い……というようなベタベタにドラマチックな出会いなどが、拓海が理想とするシチュエーションだった。

もちろん、そんなことが現実に起こりえないのは、よくわかっている。

拓海はひとつため息をつくと、片手でクラゲを抱いたまま、もう一方の手を本棚にのばした。

拓海の蔵書はほとんどが古今東西のロマンス小説だった。ゲイ小説や、翻訳《ほんやく》もののメンズロマンスなどもあるが、大半は男女の恋愛ものだ。身体よりも気持ちに重点をおいた女性向けのロマンス小説の方が、より拓海の好みに合っていた。

今夜はジェーン・オースチンの『自負と偏見』を手に取り、面白《おもしろ》みのない現実から、機知に富んだラブロマンスの古典の世界へと現実逃避をはかるのだった。


会社ではクールな独身貴族を気取りながら、心の中では運命の出会いを信じてロマンス小説に耽溺《たんでき》する拓海の平和な日常に影が差したのは、ある日、営業先での打ち合わせを終え、トイレに寄ったときだった。

「上原《うえはら》さん、結構好みのタイプなんだけど、向こうは完全に山崎狙《ねら》いだよなぁ」

同行の大田が、今しがた打ち合わせを終えた取引先の女性社員のことでぶつぶつぼやく。

「そんなことないだろ」

そもそも女性に興味のない拓海が、洗面台で手を洗いながらそっけなく返すと、大田は苦々しげにため息をついた。

「腹立つよな。俺なんかいくらアピっても気に留めてもらえないのに、その気のないおまえばっかモテるってさ。イケメンはお得だよなぁ……っておまえ聞いてる？」

　大田につっこまれるのも当然で、拓海は途中から別のことに気を取られて、大田の話をまったく聞いていなかった。

　頭上の照明に照らされて、前髪にキラリと輝くものを発見したのだ。

　それは一本の白髪《しらが》だった。

「……うそ」

「なに？」

「白髪が……」

　呆然《ぼうぜん》と指さして見せると、さっきとは反対に今度は大田がそっけなく返してきた。

「ああ、白髪の一本や二本あるだろ。もう三十なんだし」

「おまえもあるの？」

「いや、うちは白髪じゃなくて薄毛の家系だから」

　そう言われてよくよく見れば、念入りに整えられた大田の頭頂部は、光の当たり具合によってはやや地肌がすけて見える。

「……確かに」

「おい！　そこは『まだ大丈夫だ』ってフォローするところだろ。なに冷静にひどいこと言ってんだよ。ホント感じ悪いな、おまえは」

拓海は別に大田の薄毛を揶揄《やゆ》したわけではない。むしろ同期の頭頂部がすでに淋《さみ》しくなりはじめていることに、純粋《じゅんすい》に衝撃を受けていた。

そして自分の髪に見つかった、一本の白髪。

俺たち、まだ三十なのに。

だが、昨夜読んだ古き良き時代のロマンス小説では、二十四歳のヒロインが婚期を逃《のが》した老嬢扱《あつか》いされていたではないか。

いやいや、それは大昔の話で、いまどきの男の三十なんて、やっぱりまだまだ若造だろ。

あれこれ考え自分を慰《なぐさ》めてみるも、やはりショックは否《いな》めなかった。

見せかけとは裏腹に乙女《おとめ》思考の拓海にとって、自分がすでに老い始めているかもしれないという発見は、大変な衝撃だった。

運命の出会いなどという浮世離れした夢をみているうちに、あっという間に俺は白髪で腹の出た冴《さ》えない中年になってしまうのだろうか。

いや、ここは十八世紀のイギリスではない。いくつになっても恋のチャンスは訪れるはずだ。

テレビでもよく、中高年の婚活特集なんかをやっているじゃないか。

しかしそう考えても拓海のショックは癒《い》えない。

なぜなら、拓海は容姿以外になにひとつ自分のセールスポイントを思いつかないからだ。

別に容姿に自信満々というわけではないが、周囲の客観的な評価を見聞きするに、見た目はまずまずいい方なのだと思う。

だが、それ以外の長所が見当たらない。趣味はロマンス小説を読み漁《あさ》るという、およそ公言できないものだし、人を楽しませる話術もなければ、スポーツも料理も不得手だ。

そして唯一の売りらしいルックスは、この先衰《おとろ》えていくのみだ。

「山崎？　どうした？」

トイレから出て行こうとしていた大田が、いつまでも洗面台の前で呆然としている拓海に怪《け》訝《げん》そうに声をかけてきた。

「ああ、いや」

拓海は白髪をブチッと引き抜き、手櫛《てぐし》で髪を整えると、なんとか気持ちを立て直して、大田のあとを追った。

2

パーティー会場の受付前で、拓海《たくみ》はいつにない緊張感に心臓をばくばくいわせていた。

自分がこんなにあがり症《しょう》だとは知らなかった。

拓海がためらう間にも、ポツリポツリと参加者が訪れ、受付を済ませていく。

仕事においては、プレゼンでも新しい営業先への訪問でも、ほとんど緊張したことがなかった。それはある意味偽《いつわ》りの自分を演じてきたからかもしれない。

だがここでは、拓海の仮面は否応《いやおう》もなく剝《は》がされる。

なぜなら、ここは男同士の恋活パーティー会場で、つまりここでは拓海のいちばんの偽りポイントである性的指向をあからさまにしなくてはならないのだ。

一本の白髪を発見した日から、拓海は悩みに悩んだ。

男女の恋ですら、運命的な出会いなどそうそうないのだから、セクシャルマイノリティーの自分にそんな夢のような出会いが訪れる確率は非常に低い。その事実を、ようやく直視する気持ちになった。

ましてや、弾《はじ》ける若さで恋を引き寄せられる時期は過ぎ、このままただ運命を待っていても、そんな奇跡が起こる確率は年齢と共にますます下がっていくだろう。

恋をしたい。その気持ちを叶えるためには妥協《だきょう》が必要だと、一本の白髪が教えてくれた。

拓海は意を決して、お見合いパーティーへの参加を決めたのだった。

怪しげな出会い系などではなく、身分証明書が必要な真面目《まじめ》で健全なパーティーをネットで探して、スカイツリーからダイブする覚悟で申し込みをした。

だが、こうしていざその場に来てみると、決意はぐらぐらと揺らいでくる。

運命を待っても無駄だと自覚しながら、それでもなお、過度にロマンチストな拓海は、お見合いパーティーというシステムに抵抗があった。

ガツガツと相手を探しにくるなんて、なんだかあさましくて情けない気がしてしまうのだ。

その思いがピークに達したのは、人が途切れたのを見計らって思い切って受付に向かったときだった。

渡された『28』とナンバーが入った名札には、申し込み時に申請《しんせい》した『ネコ』の表記があり、参加費はタチよりネコの方が千円高かった。

拓海は頬が赤らむのを感じた。

自分が男に抱かれたい男であるということが一目でわかる名札をつけるやるせなさ、そして会費から垣間《かいま》見える自分の商品価値の低さが惨《みじ》めで、泣きたくなる。

ついつい感傷的になる思考を、拓海は唇を噛んでなだめすかす。

自ら申し込んで参加しようとしているくせに、なにを悲劇のヒロインみたいに感傷に浸《ひた》ってるんだ。

お見合いは、別に悪いことじゃない。半世紀前の日本では、夫婦の半分は見合い結婚だったのだ。それに、恋愛結婚より見合い結婚の方が離婚率が低いという統計もある。

受付で手渡されたプロフィールカードを記入しながら、拓海はさりげなく参加者たちを観察した。

二十代から三十代がメインで、拓海のようなスーツ姿もいれば、デニムにTシャツという軽装もいるが、見た目はみなごく普通の男たちだった。念には念を入れ、自分の生活圏《けん》からやや距離のある街でのパーティーを選んだので、まかり間違って知り合いと鉢合《はちあ》わせる危険が少なそうなことは安心できた。

まだパーティーが始まってもいないのに、会場の片隅ではひそひそと談笑を交わす二人組がいた。

片方はメガネの似合う長身の男、もう片方は小柄《こがら》でかわいらしい雰囲気《ふんいき》で、非常にお似合いの一対だった。

初対面であれだけ打ち解けているなら、もうカップル成立も同然だろうし、元々の知り合いだというなら、相手を探す必要などないのでは、と、内心不思議に思う。

もしかしたら、あの長身のイケメンはああ見えてネコで、需要と供給がかみ合わないとか?自分の勝手な妄想《もうそう》がふとおかしくなって、少しだけ緊張が解けた。

パーティーは一対一の自己紹介タイムから始まった。

四人目で、さきほどのメガネの男が向かいの席に座った。チノパンにVネックの春物ニットというカジュアルな装いが、すらりとした長身に良く映える。名札には『5』というナンバーの横に『タチ』の表記があって、拓海の妄想ははずれだったことがわかった。

メガネの男は、先ほど楽しげに談笑していたときとは別人のように、にこりともせずに拓海に小さく会釈《えしゃく》だけをよこした。拓海も強張《こわば》ったまま、小さく頭を下げた。

一分ほどの自己紹介タイムには、お互いのプロフィールカードを交換して見せ合うことになっている。ニックネームでもOKな氏名欄《らん》は、これまでの三人はそれぞれに簡潔で覚えやすいあだ名が書かれていたが、メガネの男のそれは『細谷達之《ほそやたつゆき》』とフルネームが記されていた。拓海もなんと書けばいいのかわからず、フルネームを書いたので、お仲間がいたことに和《なご》んだが、親近感を覚えたのはそこだけだった。

細谷の好みのタイプは『料理上手《じょうず》で整理整頓《せいとん》が完璧《かんぺき》でスポーツ全般が好きな人』、趣味は『ロッククライミング』、希望の初デート先は『富士山』。

年齢は三十二歳。百八十五センチ、七十二キロという理想的なプロポーション表記にクラクラしながら、拓海はその眩《まぶ》しすぎるプロフィールカードを直視することができなかった。

自分は、悲しいほど細谷の好みと外れている。

拓海は趣味に『読書』と書いた。真面目に交際相手を探すためには、背伸びをしないで、正直に事実を記すべきだと思ったからだ。好みのタイプは『穏やかで趣味が合う人』、希望の初デート先は『カフェ』。隅から隅まで、細谷の希望とは真逆といってよかった。

左右の席からはお互いに質問をしあう声が聞こえてきたが、細谷は無表情にプロフィールカードを見つめたままだし、そのとりつくしまもない様子に、拓海も何も話しかけられず、ひとことの会話もないまま、あっという間に規定時間が経過してしまった。

席を移動しながら、これがお見合いというものかと、少し切なくなった。

お互いの好みや条件を提示し合い、合わなければ「はい、次」と冷静かつドライに吟味《ぎんみ》し合う場所。

なまじ細谷のルックスが好みのど真ん中だっただけに、相手に一切関心を持ってもらえなかったことはじわじわとショックだった。

全員との自己紹介タイムが終わり、フリータイムになると、拓海の元にも何人かがアプローチしてきたが、オンのときの拓海とは別人のように不器用なキャラクターになってしまい、うまく話が弾まなかった。なまじ真剣なだけに、相手を見る目がついシビアになってしまう。

一方でアプローチしてくる方はもっと気楽なスタンスでこの場に臨《のぞ》んでいる者の方が多いようで、拓海の妙に身構えた生真面目な対応に戸惑いをみせる相手も多かった。

やがて誰からも声がかからなくなり、さりとてこちらから声をかける勇気もなく、グラスを片手にあたりを窺《うかが》うと、細谷が最初に談笑していた相手と、また何か話していた。

自己紹介タイムで自分の向かいに座ったときとは別人のようにやわらかい表情をみせる細谷に、拓海はなんだかひどく惨めな気持ちになった。

意を決してこんなところに来てみたものの、好みのタイプには振り向いても貰《もら》えず、こうして時間を持て余す壁の花状態。

やはりこういうシステムは自分には向いていないのだ。もう一刻も早く自分の部屋に逃げ帰って、とびきり甘いロマンス小説に逃避をはかりたい。

フリータイムのあとは、最終投票カードの記入となった。

拓海はすっかり気疲れし、このイベントで相手をゲットすることなど完全に諦《あきら》めていた。

だが、投票カードには最低でも第一志望だけは必ず記入しなくてはならないルールだった。

拓海はしばらく悩んでから、『5』と細谷のナンバーを記した。

結局ひとことの会話も交わせなかったし、プロフィールカードの内容からしても、百パーセントカップルになりえない相手だとわかっている。

だが、ここにひっそりと本音を記すくらいのことは許されるだろう。まあ、記念受験みたいなものだ。

投票カードの集計を待つ間、拓海は今夜読む本について想いを巡《めぐ》らせた。

そうするうちにだんだん気持ちも落ち着いてきて、主宰者《しゅさいしゃ》が集計結果の発表を始める頃には、拓海の中ではもうイベントは終了していた。

だから数組目のパートナー発表で自分のナンバーが読み上げられたとき、拓海はひどく驚いた。

「5番と28番の方、カップル成立です。おめでとうございます！」

まさか……。

驚愕《きょうがく》して口を半開きにしていると、細谷がこちらを振り返った。その顔にも、驚いたような表情が浮かんでいた。

パートナーになったら、手をつないでホールを退出する決まりになっている。

スタッフに促《うなが》されて、細谷が拓海の方へとやってきた。無言で差し出された手に、おずおずと手をのばすと、周囲から拍手が起こり、拓海は細谷に手を引かれるまま、ギクシャクと出口へと向かった。

ホールを出ると、細谷は決まり悪げにつないだ手をほどいた。

しばし沈黙が立ち込める。なにか言わなければと、拓海は乾いた唇を開いた。

「あの……まさか選んで頂《いただ》けるなんて。びっくりしました」

「こちらこそ。一度もお話ししなかったのに、指名してもらえるとは思いませんでした」

細谷からは、そこはかとない緊張と動揺が伝わってきた。

自己紹介タイムのときには、無表情でとりつくしまのない男だと思ったけれど、もしかしたら拓海と同じように緊張していたせいだったのかなと、今になって思う。自分だけが場馴れしていなくて浮いているように感じていたけれど、それは被害妄想からくる思い込みだったのかもしれない。

とはいえ、まさかこんな展開になるとは思ってもいなかったから、どうしたらいいのかわからないし、相手も同じ気持ちらしく、戸惑ったように黙り込んでいる。

ひとまず連絡先の交換でも申し出ようかと思ったとき、ホールの中でまた拍手が起こり、新しいカップルが手を取り合って出てきた。

片方は、パーティーが始まる前に細谷と話していたかわいい顔をした男だった。はにかんだようにパートナーと見つめ合っていた男は、まだそこにいた拓海たちに気付くと目を丸くして、細谷に向かって何か言いかけた。

細谷はやおら拓海の手を取ると、

「ひとまず、コーヒーでも飲みませんか」

急に積極的になって、拓海を引っ張ってグイグイと会場を出て行く。

商業施設の一角のカフェで、細谷がコーヒーを買ってくれて、テラス席の片隅に落ち着いた。

周囲の男女のカップルたちは横並びに座ったりしているが、拓海たちはもちろん普通に向かい合った。

気分を奮《ふる》い立《た》たせてパーティーに参加してみたものの、最初は商品のように相手を選び合うシステムに馴染めず、負け犬気分だった。

だが、今拓海の目の前には、理想を絵に描いたような男が座っている。

見合いという形式での出会いだったが、この予想外の流れは、運命の出会いを夢見てきた拓海をときめかせるに十分なシチュエーションだった。

これはまたとない夢のようなチャンスだということは、拓海にもよくわかっていた。この機会を逃したら、細谷のような優良物件には二度と出会えないかもしれない。

オンのときのシニカルに斜《しゃ》に構える癖《くせ》を脱ぎ捨てて、拓海は率直に自分の気持ちを伝えることにした。

「あの、さっきも言いましたけど、まさか俺を選んで頂けるなんて思いませんでした。細谷さんの好みのタイプにはまったく当てはまらないし、正直、初デートで富士山に登れるようなスキルもないし……」

細谷は当惑したような笑みを浮かべた。

「あれは……」

何か言おうとした細谷を遮《さえぎ》って、拓海は一生懸命言い募《つの》った。

「いきなり富士山は無理でも、まずは高尾山《たかおさん》あたりから挑戦して、一年後には細谷さんと富士山に登れるように頑張ります！」

おい俺どうした？　と自分ツッコミを入れたくなるポジティブ発言だった。

だが拓海は必死だった。運命の出会いを信じるロマンチストなところは多分一生治らないが、突然現れた運命の相手が、ありのままの自分を愛してくれるなどという幻想は、さすがにそろそろ捨てなくてはならない。この幸運を逃さないためには、意識改革と歩み寄りが必要だ。

拓海の決意表明をあっけにとられたような顔で見ていた細谷は、不意に表情を緩《ゆる》めて笑い出した。

「高尾山って……。面白い人ですね、山崎さんは」

細谷の屈託《くったく》のない笑顔を見たとたん、拓海の中で緊張の糸が切れ、いきなり涙腺が崩壊した。

ポロリと頬を伝う涙に、細谷は再びあっけにとられた表情になる。

拓海は慌てて目元を押さえた。いったいどんだけ情緒不安定なんだよ、俺。

「大丈夫ですか？」

「す、すみません。細谷さんが笑ってくれたのが嬉しくて……。自己紹介タイムのときは、ずっと無表情だったから、俺はタイプじゃないんだなって思ってて。そんなふうに笑ってくれるなんて、なんだか夢みたいで……」

言いながらオロオロとポケットのハンカチを探っていると、細谷が自分のハンカチを貸してくれた。

「ありがとうございます」

こんなシチュエーションを何度小説で読んだことだろう。まさか自分に、運命の相手からハンカチを差し出される日が来ようとは。

感激のあまりさらに涙が溢《あふ》れてくる。

「山崎さん？　本当に大丈夫ですか？」

心配そうにのぞき込んでくる細谷に、拓海は胸の内を伝えようと言葉を探した。

「今日、勇気を出して参加してよかったです。細谷さんみたいな人に選んで頂けるなんて。今死んでも、悔《く》いはないです」

「死んじゃダメですよ！」

「それくらい幸せってことです」

細谷ははにかんでいるのか、少し困ったような顔になる。

「あの、俺、料理もスポーツもあんまり得意じゃないですけど、これからは死ぬ気で頑張ります」

「いや、そんなに無理せず……」

「無理じゃないです。恋人のために努力するのは、きっと楽しいことだと思うんです。……あ、恋人とか言っちゃった」

自分の発言に動揺する拓海に、細谷はまたくすっと笑った。

「山崎さんも、パーティーのときとは随分《ずいぶん》雰囲気が違いますね。クールな方っていう印象でしたけど」

そう言われて、拓海は焦《あせ》る。

「すみません。クールなタイプがお好みでしたか？」

「いや、かわいい方が好みです。……ってなに言ってるんだろ、俺」

照れたように視線を外して首筋をかく細谷の仕草に、拓海の胸はときめいた。

そこからは細谷が色々と話題を振ってくれて、拓海の情緒不安定も徐々に落ち着いていった。

軽い世間話に交えてお互いのことを話すうちに、細谷が拓海と同業種で、取引先だということがわかった。あえて知り合いがいなそうなエリアを選んだのに、思わぬ偶然に戸惑いはあったが、共通の話題を見つけたことで話も弾んだ。

アクティブな趣味を持っている割に、話を聞く限り細谷の日常は意外とインドアなようで、映画を観たりするのも好きだという。

拓海としては、本気で高尾山に登る覚悟はありつつも、もっと手近に共通の趣味を見つけられそうなところは嬉しかった。

あれこれ話しているうちに、気付けば一時間半ほどが経過していて、細谷が腕時計に視線を落とした。

「名残惜《なごり》しいんですが、このあとちょっと予定があるので」

「すみません、あれこれとりとめもなく喋《しゃべ》ってしまって」

「いえ。とても楽しかったです」

言い合いながら席を立って、そういえばまだ連絡先を交換していなかったことに気付く。次回の約束も取り付けていない。

切り出そうとして、ふと考える。

連絡先の交換って、こういう場合まずは最初に行うものではないだろうか。

細谷がそれを切り出さず、こうして解散しようとしているということは、もしかしてフェードアウトを狙っているのではないだろうか。

細谷との時間はとても楽しかったし、細谷も楽しんでいるように見えた。だが、「パーティーのときとは印象が違う」という細谷のひとことが、すべてを物語っているのかもしれない。

営業職であれば、本意でなくとも和やかに場を繋ぐスキルは兼ね備えているはずだ。

あれこれ考えだすと、自分の方から連絡先を訊《たず》ねる勇気がひしゃげていき、さきほどの余韻《よいん》でまた涙腺が緩みそうになる。

「そういえば、話に夢中でまだ連絡先を交換してなかったですね」

携帯を取り出しながらそう言いだした細谷に、拓海はぱっと顔をあげた。多分、飼い主を見つけた犬のような顔になっていたに違いない。

連絡先を交換するとき、拓海の手元は感激で震えていた。

「あの、もし予定があいていたら、来週の日曜日に映画でもどうですか？」

今度は思い切って自分の方から誘ってみた。

細谷はふっとやさしく目じりを下げた。

「いいですね。じゃあ、待ち合わせ時間とか、あとで打ち合わせしましょう」

携帯をかざしてみせて、颯爽《さっそう》と去っていく後ろ姿を、拓海は夢の中にいるような気分で見送った。

3

「たっちゃん、こっち！」

細谷達之《ほそやたつゆき》が待ち合わせのファミレスに入っていくと、窓際の席から倉橋慎吾《くらはししんご》が手を振ってよこした。

「悪い、待たせたか」

向かいの席に座ると、慎吾は笑顔でかぶりを振った。

「平気だよ、僕も今来たところだから。今日はつきあってくれてありがとう」

「いや。とりあえずカップル成立おめでとう」

「ありがとう！」

「良さそうな人だったじゃないか」

「でしょでしょ？　僕好みのガタイが良くてやさしそうな人なんだ。僕のこと、何度もかわいいって言ってくれたんだよ」

「それはよかった」

「それもこれも、たっちゃんがパーティーにつきあってくれたおかげだよ」

にこにことそこまで言ったあと、慎吾は突然細谷の方に身を乗り出してきた。

「とか悠長なこと言ってる場合じゃなくてさ！　どうしてたっちゃんまでカップル成立してるんだよ!!」

「いや……。俺もかなりびっくりしてる」

「びっくりしたのはこっちだよ。たっちゃんは僕の付き添いで来てくれただけで、れっきとしたノンケでしょ？　最終投票のときは、絶対カップルにならない相手を選んでねって、あれほど言ったじゃん！」

「そうしたつもりだったんだが……」

細谷は今しがた別れた男の顔を思い浮かべた。

パーティー会場での山崎拓海《やまざきたくみ》は、クールで隙がなく、恋活になど一切興味がないように見えた。もしかしたら自分と同じように、なんらかの事情があって不本意な参加を強《し》いられたノンケなんじゃないかとすら思った。

細谷はゲイである従弟《いとこ》の慎吾に請《こ》われての参加だった。

ゲイというのは、恋愛相手を探すのも、なかなか難しいものらしい。今まで何人かとつきあったものの、相手は遊びであることが多く、慎吾は度々《たびたび》涙を飲んできた。

そこで意を決し、お見合いパーティーへの参加を思い立ったようなのだが、独りでは心細いと泣きつかれて、細谷も渋々同行することになった。

性指向を偽って参加することに抵抗はありつつ、面倒見がいい細谷は、弟のような存在である慎吾の懇願《こんがん》を無下《むげ》にはできなかった。

パーティーでは、参加者の気を引かないように極力気をつけてふるまった。自己紹介タイムでは誰とも目を合わせず会話も最小限にとどめ、フリータイムでは慎吾の動向を見守ることに集中した。

一切のアピールをしなかったにも関わらず、フリータイムに複数の相手からアプローチされたのは予想外だったが、「気になっている人がいるので」とすべて断らせてもらった。

口実として使った言葉だったが、なんとなく目が行く相手がいたのも事実で、それが山崎拓海だった。

参加者の中ではとびぬけて端整な顔立ちをしており、交際相手には事欠かなそうな雰囲気で、実際何人もの男から声をかけられていた。

しかし山崎は終始無表情で、やる気がなさそうだった。

数多《あまた》の男たちを門前払いした（ように見えた）山崎は、やがて人の輪を抜け出して壁際に逃れ、退屈そうに時間つぶしをしていた。

その、独りだけ空気が違う感じに、なんとなく目を引かれた。

「あの人、絶対俺になんか関心ないと思ったんだけどな」

細谷が呟くと、慎吾は苦笑いを浮かべた。

「たっちゃんは普段モテすぎだから、好意を寄せられることに鈍感になってるんじゃないの？」

「そんなことないよ」

実際、パーティーの間、山崎とはひとことも喋っていないのだから、好かれる理由が見当たらない。

もしかしたら、細谷が、一切自己アピールをしない山崎に目を奪われたのと同じ理由で、山崎も自分に関心を持ってくれたのだろうか。

だが、今そんなことを分析してみたところで、あとのまつりだ。

そもそも、同性とカップルになる気持ちが一パーセントもないのなら、最終投票は白紙で提出すべきだったのではないか。

記入は必須とはいえ、空欄のまま出したからといって、たいしたペナルティがあるとも思えない。

「相手の人には、ちゃんと事情を説明してきたんだよね？」

それが当然だという顔で言われて、細谷は答えに詰まった。

もちろん、そうするつもりだった。

カップル成立後、受付の前でお互い呆然としているところに慎吾が出てきて、なにか言われそうになったとき、細谷は焦って山崎をカフェに誘った。

事情を説明して詫《わ》びるにしても、あの場で慎吾に暴露《ばくろ》されるより、自分の口からきちんと事情を話して謝りたかったのだ。

だが、カフェに腰を落ち着けたとたん、山崎は、細谷のためなら富士登山も厭《いと》わないなどと言いだし、カップルになれたことに感激して泣き出してしまった。

パーティー会場で見たときとはまるで別人のようで、細谷の前で頬を染め、カップを持つ手は震えていた。

会場での取り澄ました姿は、極度の緊張からくるものだったらしい。相当の決意を持ってパーティーに臨んだのであろう山崎の心中を思うと、細谷は自分の軽率さを激しく悔い、涙するほどの想いの強さに、罪悪感《ざいあくかん》を覚えた。

一方で、同性にここまでの気持ちを寄せられたら、普通は引いてしまいそうだが、嫌悪感のようなものは一切感じなかった。

慎吾のおかげでゲイという存在に免疫《めんえき》があったこともあるし、山崎が非常に美しい青年だということもあったかもしれない。

いや、正直に言えば、そんな消極的な理由ばかりではない。

嫌悪どころか、涙する山崎の姿に、細谷はちょっとキュンとしてしまったのである。

ギャップ萌えとでもいうのだろうか。パーティーのときのとりつくしまもない様子と、震えながら涙をぬぐう姿の落差に、ひどく心を揺さぶられた。

だからといって、めでたしめでたしとはいかない。かわいらしい人だとはいえ、細谷はれっきとしたストレートで、いくらかわいくてもいきなり男を恋愛対象にするのは無理がある。

相手の真摯《しんし》さに触れれば触れるほど、性指向をたばかってパーティーに参加したことが申し訳なく、今すぐ詫びなければと思った。

だが、「今死んでも悔いはないくらい幸せ」とまで言われたり、好みのタイプを訊《き》かれて動揺したりしているうちに、どんどんタイミングを逸《いっ》していった。

ひとまず態勢を立て直そうと、恋愛とは離れた仕事の話題を振ってみると、偶然にも山崎は取引先の社員で、そこから思わず話が弾んでしまい、さらに事実を打ち明けるタイミングを逃し、そうこうするうちに慎吾との待ち合わせ時間が目前に迫《せま》っていた。

そのころには親密な空気も出来上がり、慌ただしく真実を打ち明けて立ち去るのは、あまりにも失礼に思えた。

自分の物思いにばかり気を取られていた細谷は、そこでふと山崎の表情がさえないことに気付いた。

短い時間だが差し向かいで話をするうちに、山崎は案外気持ちが顔に出やすいタイプだとわかった。

携帯をぎゅっと握りしめて俯《うつむ》いているその顔を見て、山崎は細谷が連絡先の交換を申し出ないことに傷ついているらしいと察した。

細谷にしてみれば、予想外の展開にテンパりすぎて思い至らなかっただけなのだが、自分からは言い出せない様子で、傷心とも諦めともつかない表情を浮かべる山崎が、痛々しくいじらしく思えた。

このまま連絡先を告げずに別れれば、言いづらいことを言わずにフェードアウトできる。だが、細谷はそんな無責任な男ではなかったし、交際云々《うんぬん》はともかくとしても、山崎ともう一度会って話したいという気持ちもあった。

細谷の方から連絡先の交換を申し出ると、山崎の瞳にぱっと光がともり、頬に赤みが戻った。

それをまた、かわいいと思ってしまった。

「もしもし、たっちゃん？　聞いてる？」

慎吾に眼前で問われて、細谷ははっと我に返った。

「え、なに？」

「なにじゃないよ。ちゃんと事情を説明して断ってきたのかって訊いてるでしょ」

「……いや。そこまで話す時間がなくて。とりあえず連絡先を交換して、来週映画を観る約束をした」

細谷が答えると、慎吾は目玉が零《こぼ》れ落《お》ちそうなほど目を見開いた。

「は？　なにそれどこから突っ込めばいいの？　二時間あって断る時間がなかったってどういうこと？　次の約束？　映画？　バカなの？」

ひどい言われようだが、反論できない。確かに俺はバカかもしれないと思う。

黙り込んでいると、慎吾は語調を和らげた。

「まあだけど、たっちゃんはやさしいから、カップルになれて有頂天の相手にノーなんて言えないよね。今日だってそのやさしさゆえに僕につきあってくれたわけだしさ」

そう言ってから、慎吾は何か思い出したように再び眉根《まゆね》を寄せた。

「でも僕がコクったときは、きっぱりノーって言ったよね？」

「いったい何年前の話だよ」

「ほんの十四年前だろ」

慎吾からゲイだと打ち明けられたのは、細谷が高校生、慎吾が中学生のころだった。打ち明けついでに「たっちゃんがタイプだ」と言われ、性指向に関しては衝撃を受けつつも受け入れたものの、告白の方は即座に断らせてもらった。

「男云々っていうより、従弟とつきあうなんてありえないだろ」

「どうして？　いとこ同士は結婚だってできるんだよ！」

「従弟っていっても、慎吾とは兄弟みたいなものじゃないか」

家がすぐ近所で、幼いころから足繁《しげ》く行き来して育った二人は、家族同然の間柄《あいだがら》だ。たとえ慎吾が女だったとしても、恋愛対象にはならなかっただろう。

だが慎吾にそう言われて考えてみれば、細谷はこれまで告白してきた相手に気を持たせたりは絶対にしなかった。こちらにその気がなければ、気まずかろうが相手に泣かれようが、正直に断ってきた。

今回は相手に誤解を与えた原因が自分にあったとはいえ、なぜきちんと断らなかったのか。いや、原因があるからこそ、より誠意をもって事情を説明し、謝罪すべきだったのに。

細谷は自分の気持ちに耳を傾けた。

最終投票に山崎の名前を書いたのは、カップルになりえない相手だからという大前提があったとはいえ、山崎の佇《たたず》まいに心を奪われたからだ。

カフェでなんだかんだと自分に言い訳しつつ、事実を伝えられないまま、次の約束を交わしたのも、単なる逃げや優柔不断からではない。

山崎にもう一度会いたいという気持ちが、確かに自分の中にあったせいだ。

「で、どうするの？　なんとか理由をこじつけて断って、フェードアウトする？　なんなら、今日つきあってくれたお礼に手を貸そうか？」

「いや。約束どおり会ってくる」

「まあ、たっちゃんの性格からしたら、フェードアウトなんてありえないか。やっぱちゃんと会って断りたいよね」

「断るためじゃない。交際を前提に、会ってくる」

「は？」

意味がわからないように小さく訊き返してきた慎吾は、しばし細谷を見つめたあと、さっきの数倍大きな声でもう一度「は？」と言った。

「なに言ってるの⁉　気は確か⁉」

「確かだ」

「いつから男もオッケーになったんだよ！」

「男がオッケーなわけじゃない。あの人がピンポイントでオッケーな気がするんだ」

「なにそれ！　いったいどうしちゃったんだよ」

慎吾は両手でこめかみを押さえた。

「そもそも、パーティーでしくったら残念会、うまくいったら二時間後におめでとう会やろうって決めたときは、僕がこの場の主役のはずだったのに。僕の恋バナなんか、完全にたっちゃんのネタに食われてるじゃん！」

「ああ、ごめん。おまえの話を聞かせてくれ。次の約束はしたのか？」

「うん。来週水族館に行く約束を……ってダメだ！　もう自分のことなんかどうだっていいよ！　たっちゃん、男とのやり方わかってる？」

いきなり生々《なまなま》しい質問を振られて、細谷はコーヒーにむせ返った。

「そんな段階じゃないから」

「なに悠長なこと言ってるんだよ！　恋パでくっついたいい大人の二度目のデートがセックス

抜きとかありえないだろ」

山崎とのセックスを妄想しようと試みたものの、思考がフリーズした。

一般論としては慎吾の言うことは正しいのかもしれないが、自分たちには当てはまらない気がした。

男との経験がない自分はもとより、山崎もその手のことに積極的なタイプには見えなかった。

細谷は細谷なりのやり方で、自分の気持ちを確かめたいと思っていた。

4

細谷《ほそや》との待ち合わせ場所である商業ビルの書店前に、拓海《たくみ》は約束の三十分前に着いた。少し早めに来て、胸がそわそわドキドキする感覚を味わいながら細谷を待つのは、至福の時間だった。

細谷とのデートも三回目。二人の関係は、信じられないくらい順調だった。

初めてのデートの日は、正直、不安もあった。パーティーのときは場の勢いで拓海を選んでくれたものの、改めて二人で会って、細谷が自分を気に入ってくれるのか心配だったし、あまりにもうまく行き過ぎて、なにか落とし穴があるのではないかと疑心暗鬼《ぎしんあんき》になりもした。恋活パーティー参加者の中には、やるだけが目的の人間も少なからずいると聞いたことがある。細谷がそんな人間だとは思えないし、自分の身体にそんな魅力があるはずもないが、幸せ慣れしていないせいで、あれこれと疑いが湧いてきてしまった。

だが、細谷と二回会って、その疑いは霧散《むさん》した。細谷は拓海に指一本触れてくることはなく、終始とても紳士的だった。

しかも、細谷の方から三度目のデートに誘ってくれたくらいだから、拓海のことを本当に気に入ってくれているらしい。

すべてが夢のようだった。

不意にポンと背中を叩かれて、拓海は大仰《おおぎょう》に竦みあがった。

振り向いた先には、してやったりという顔の細谷が立っていた。

「びっくりした？」

「かなり」

「今日こそ先に着いたと思ったのに、もう山崎《やまざき》さんが来てるのが見えたから、向こうの入り口から入って、後ろから回り込んでみたんです」

細谷は精悍《せいかん》な顔に、ちょっと子供っぽい表情を浮かべてみせる。

まだ待ち合わせ時間の十五分前である。拓海はもとより、細谷も時間より早く来るほど楽しみにしてくれているのかと思うと、拓海は幸せすぎて鼻の奥がツンとした。

最初のデートは映画に行き、二度目は美術館に行った。

今日は細かな予定は立てていないが、まず最初に拓海の買い物につきあってもらうことになっていた。

課内で児島《こじま》に贈る結婚祝いを、じゃんけんで負けた拓海が買いに行くことになり、なにがいいのかわからないと細谷にこぼしたら、一緒に選ぼうと言ってくれたのだ。

商業ビルの中に入っているおしゃれなキッチン雑貨店は女性客が多く、なんとなく気後れする空間だった。

一人では到底入れない雰囲気だから、細谷につきあってもらえてありがたい反面、男の二人連れというのも悪目立ちする感じで、細谷に申し訳ない気がした。

だが細谷は人目など気にするふうもなく、堂々としていて、惚《ほ》れた欲目かそれがまた頼もしいなと思えた。

「同僚の人は、結構家事とか好きなタイプ?」

「うーん、プライベートはよく知らないんですけど、バーベキューなんかは好きみたいです。会社の飲み会でも、鍋物《なべもの》とか鉄板焼き系は奉行《ぶぎょう》を買って出るタイプかな」

「じゃ、スキレットとかどうですか?」

「スキレット?」

「この鋳鉄製《ちゅうてつせい》の分厚いフライパン。アウトドアでも使えるし、オーブンにも入れられて、ステーキやハンバーグも、すごくおいしくできますよ」

「詳《くわ》しいですね」

「うん。俺も使ってるから」

拓海はちょっと驚いた。恋活パーティーのプロフィールの好みのタイプに『料理が上手な人』と書いていたから、細谷自身は不得手なのかと思っていた。あれは一緒に料理ができる人という意味だったのだろうか。

「ただ、手入れや保管がちょっと手間だし、見た目がゴツいから、結婚祝いだったらこういう方がいいのかな」

細谷が指さして見せたのは、赤や黄色のどっしりとした鍋だった。

「これは鋳物《いもの》ホーローで、女性に人気があるんですよ」

「かわいい……！」

拓海は思わず呟いていた。ほとんど料理をしない拓海だが、その鍋は拓海が好きな古き良き時代のロマンス小説のキッチンで、コトコトとシチューでも煮込まれていそうな雰囲気だった。

「山崎さんはスキレットよりそっちの方が好みですか？」

細谷にからかうように言われて、拓海はなんだか恥ずかしくなった。

「いや、細谷さんの言う通り、女の人が好きそうだなって思って。結婚祝い向きのかわいさですよね」

「見た目だけじゃなくて、これ、すごく優秀な鍋なんですよ。煮込み料理が格段においしくできるし、ごはんも炊《た》ける」

「鍋でごはん？　ていうか細谷さん、この鍋も持ってるんですか？」

「自分で買ったわけじゃありませんよ。ビンゴの景品でもらったんです」

細谷は恥ずかしげにそう言うが、ごはんまで炊けるほど使いこなしている様子に、拓海は驚愕した。拓海はといえば、炊飯器の使い方すらおぼつかない。

結局その赤い鍋を買い、予算が少し余ったので、北欧柄《ほくおうがら》のペアのマグカップを細谷に見立ててもらって、ラッピングを待つ間、またしばらく店内をうろうろした。

料理をしない拓海は、この手の店には入ったことがなかったが、種々様々なキッチン用品は見ていて楽しく、元々ロマンチストの拓海の気持ちを高揚《こうよう》させた。

細谷は「ちょうどこんなのが欲しかったから」と、シリコン製のトングとフライ返しを購入した。そんな意外な買い物を眺めているのも楽しかった。

唯一誤算だったのは、受け取った祝い品の重さだった。鋳物ホーローに厚手の陶器のマグ。男の手に余るほどではないが、それにしてもデート中持ち歩くには、いささか邪魔な存在感だ。

「買い物、最後にすればよかった」

「確かに、これを持って歩き回るのは、しんどいですね」

拓海が苦笑いすると、細谷はふと、なにか思いついた顔になった。

「よかったら、今日はうちで過ごしませんか？　ここから一駅だし、帰りは車で山崎さんの家まで送っていきますよ」

自宅に招かれるという予期せぬ事態に、拓海は激しく動揺した。

「でも、そんな急に、お邪魔じゃないですか？」

「全然。ただ、散らかってるから、山崎さんがきれい好きだと申し訳ないけど」

「そんなことないです」

「このまえ観た映画の前篇のブルーレイを持ってるから、それを一緒に観ませんか？　よかったら、夕食も食べて行ってください」

細谷の部屋にお呼ばれしてしまった！

予期せぬ誘いにドキドキしつつ、このあととりたてて予定もないデートだったので断る理由もなかった。

スーパーマーケットで食材を買って、二人で細谷の部屋に向かった。

散らかっていると言っていたが、細谷の１ＬＤＫの城は拓海の部屋よりもよほどきれいだった。

再びプロフィールカードを思い出す。料理同様、『整理整頓が完璧な人』という希望も、パートナーに家事をして欲しいという意味ではなく、自分と同レベルにきれい好きの人という意味だったのかと、背筋が強張る。

拓海は料理も不得手だが、片付けも得意ではない。ここまで交際は順調だったが、さらにお互いをよく知るようになれば、拓海の取り柄《とりえ》のなさに細谷の気持ちが醒めやしないかと不安になってくる。

細谷は映画好きのようで、リビングのラックにはずらりとブルーレイディスクが並んでいた。

「すごい！　たくさんありますね」

「増えちゃうから、なるべくレンタルで見るようにはしてるんですけど、好きな作品はやっぱり手元に置きたくなっちゃって」

拓海が好きな作品もかなりある。

「パーティーでプロフィールを拝見したときには、細谷さんはアウトドアな人だと思ったけど、映画鑑賞とか料理とか、すごく多趣味なんですね」

共通の趣味を見つけたことが嬉しくてそう言うと、細谷はなぜか少し焦ったような顔になった。

「あのパーティーのプロフィールは、ちょっとテンパって書いたので、適当っていうかなんていうか……」

「そうなんですか？」

「うん。登山は学生時代の趣味で、最近はもっぱらインドアな感じですよ」

この恋のためなら富士登山も辞さないという意気込みで、実は細谷とつきあいはじめてから毎晩三十分ほどのジョギングを日課にしている拓海だが、どうやら山には登らずに済みそうだとわかって、こっそり胸を撫《な》で下《お》ろした。

細谷が淹《い》れてくれたおいしいコーヒーをごちそうになり、二時間半ほどの長めの映画を鑑賞したあと、

「夕飯の仕込みをするから、適当に寛《くつろ》いでいてください」

と、細谷はキッチンに立った。

拓海はシャツの袖《そで》をめくりながら、細谷のあとを追った。

「あの、俺も手伝います」

「山崎さんはお客様なんだから、ゆっくりしててください」

鷹揚《おうよう》な笑顔で言われて、俺はきっと試されているんだと感じる。

彼氏の実家に遊びに行き、彼母の言うままに寛いでいたら、あとで「料理のひとつも手伝わない」と嫌味を言われたという、職場の女子社員の話を思い出す。

細谷は姑《しゅうとめ》ではないし、そんな嫌味を言う男ではないのはわかっているが、プロフィールカードに『料理上手な人』と書いていたくらいだから、ただぼんやりと支度が整うのを待っているようでは嫌われてしまう。

拓海の真剣な面持《おもも》ちに、細谷は笑顔を見せた。

「じゃ、スパニッシュオムレツ用の卵を割ってもらおうかな」

「わかりました」

まずは簡単な仕事を振ってくれて助かったと思う反面、実は卵を割るのは中学校の調理実習以来だった。

シンクのふちで慎重《しんちょう》に殻《から》にヒビを入れ、中身を出して殻をボールへ。

……え、殻をボール？

ハッと気づいたときには遅かった。緊張でテンパるあまり、中身を三角コーナーに割り入れ、殻をボールに入れていた。

その様子を、細谷は目を丸くして見ていた。

「すっ、すみません！」

拓海が慌てて詫びると、細谷は笑い出した。

「大丈夫ですよ。山崎さんは意外とドジっ子ですね」

白髪男がドジっ子だなんて笑えない。

テレビドラマなどで、不器用なヒロインが顔じゅうを不自然に粉《こな》だらけにしてみたり、砂糖と塩を間違えたりして料理をするシーンに遭遇《そうぐう》するたび、そんなヤツいねぇよとツッコミを入れていた拓海だが、今の自分はまさにそれを地でいっている。

残りの卵は慎重にボールの上で割ったが、殻が入ったり潰《つぶ》れたり、まったくうまくいかなかった。

「じゃあ次は、ジャガイモの皮むきをお願いしてもいいですか？」

「了解です」

取り澄まして答えてみたものの、実はピーラーというものを使うのも初めてだった。

左手でジャガイモを握り、髭剃《ひげそ》りの要領で右手でピーラーを当ててみた。が、髭剃りのようにつるっとはいかない。力を入れて思いっきり引っ張ったら、親指の爪まで剝《む》いてしまった。

「うわっ」

「大丈夫？　手を切った？」

驚いたように、細谷が玉ねぎを刻んでいた手を止めた。

「だ、大丈夫です。爪だけです。あ……指もちょっとだけ……」

血がにじんできた親指を右手で握って誤魔化す。

細谷は作業を中断し、リビングで拓海の指に絆創膏《ばんそうこう》を貼ってくれた。

「痛かったでしょう」

「いえ。ほんのかすり傷です」

「かすり傷でも、指先の怪我って痛いですよね」

やさしい声でいたわられ、拓海は気まずさと気恥ずかしさで目を泳がせた。

「山崎さん、普段あまり料理とかしない人でしょう？」

当然ながら見抜かれている。

「すみません……」

「いやいや、こちらこそ、無理なことをお願いしちゃってすみません」

卵を割ったり、ジャガイモを剝いたりする程度でも『無理なこと』と思わせてしまう自分が情けない。

「俺、なにひとつ細谷さんの好みに合うところがないですね」

「え？」

「料理上手な人がお好みだって書いてあったのに」

拓海がぼそぼそ言うと、細谷は一瞬何のことだかわからないという顔になり、そのあと慌てた様子でかぶりを振った。

「さっきも言ったように、あのプロフィールを書いたときはテンパってたんです。料理は俺の趣味なので、むしろそれをおいしく食べてくれる人が好きだな」

一生懸命フォローしてくれる細谷のやさしさが胸に沁《し》みる。本当になんていい人なのだろう。

「じゃ、ささっと料理を仕上げちゃうので、山崎さんはテーブルを片付けて、箸《はし》とスプーンを並べてもらえますか」

「わかりました」

諾々《だくだく》と従ったものの、そんな仕事はほんの一分ほどで終わってしまう。

「役に立たなくて、本当にすみません」

カウンター越しに詫びると、細谷はスキレットにジャガイモを並べながら笑った。

「そんなに恐縮されると、却《かえ》って申し訳ないな。そもそも、俺が家で食べようなんて誘ったせいで、山崎さんにいらないプレッシャーをかけちゃってるわけだし」

「それは、俺が最初に結婚祝いなんか買っちゃって、歩き回るのに邪魔になったのが原因で……」

「それを言ったら、あんな重いものを勧めた俺に責任があるでしょう」

「素敵なものを選んでもらって、感謝してます。むしろ、俺の用事に細谷さんをつきあわせたりしたのがいけなくて……」

言い募る拓海に、細谷が噴き出した。

「そのうち、生まれてきたのがいけなかったとか言いだしそうな流れですね」

非難ではなく、あたたかいからかいを含んだ口調に拓海もついつられて笑ってしまい、一緒になって笑っているうちになぜか泣けてきた。

自分の情緒不安定に呆《あき》れ、なんとか細谷に悟られないようにそっと涙を拭《ぬぐ》ったが、細谷はすぐに気付いたらしかった。

鍋をかき回す手を止めて、カウンター越しに顔を近づけてくる。

「山崎さん？　俺、なにか傷つけるようなこと言いましたか？」

「いえ、嬉しくて」

拓海はきまり悪く目元をこすりながら答えた。

「こんなふうに誰かと、……好きな人と、たわいもないやりとりをするのって、ずっと憧れだったから」

細谷は鍋に蓋《ふた》をして、なにかを思い出す顔になる。

「そういえば、プロフィールの恋人いない歴には十年って書いてありましたよね。最後の相手は、学生時代ってこと？」

「最後っていうか、その一回きりしかつきあったことないんですけど」

「意外だな。モテそうなのに」

「ぜんぜん。だいたい俺たちって、恋愛対象が同性っていう時点で、難しいじゃないですか」

細谷はなんとなく複雑そうな表情で頷いてみせる。

「そうですね」

「だから学生時代に、飲食店で初めて同類の男の人にナンパされたときは、舞い上がっちゃいました」

「それが元カレですか」

「ええ。……正直に言うと、つきあっていたと思っていたのは俺だけで、向こうは遊びだったんです。だから十年は見栄で書いただけで、本当の恋人はいたことがありません」

「遊びっていうのは、相手の人がそう言ったんですか？」

「……奥さんのいる人だったんです」

今思い出しても、情けなくていたたまれない気持ちになる。

出会った最初の日に、ホテルに誘われ、それからは会うたびに身体の関係を持った。

正直、セックスは痛いばかりで少しもいいものだとは思えなかったけれど、激しく求められることを愛情と勘違いするくらい、拓海は若かった。

妻帯者だと知ったのは、つきあって二ヵ月目。相手から別れ話を切り出されるまでもなく、拓海の気持ちは一気に醒めた。

拓海が求めていたのは、一生ものの運命の恋であり、身体だけの関係など論外だった。もちろん、相手からしてみれば、お互い遊びのつもりだったのに、一生ものの愛情など求められてドン引いたというところだろう。浮気の是非《ぜひ》はともかく、二人の関係が破綻《はたん》したのは、どちらが悪いというより、求めるものの違いということだろう。

それからは、同類が集《つど》う場所からは足が遠のき、架空のロマンスの世界にのめりこむようになった。

人を信じられない気持ちと、それでも運命の出会いを信じる気持ちの間で揺れながら十年。

「もう、俺には恋なんて無理なんじゃないかと思っていました。でも、勇気を出してパーティーに参加してよかったです」

細谷との出会いは、奇跡にほかならない。

拓海が万感の思いをこめてそう言うと、細谷はキッチンから出てきて、拓海の隣に座った。

「実は、山崎さんに話しておかなきゃならないことがあるんです」

思いつめたような顔で言われて、拓海はすっと血の気が引くのを感じた。

「……もしかして、細谷さんも妻帯者なんですか？」

「え？　あ、いや、それはないです。正真正銘《しょうしんしょうめい》の独身です」

ほっとしたのも束《つか》の間、別の恐れが脳裏を過《よぎ》る。

こんな真剣な顔で、言いにくそうに切り出すことといえば……。

「やっぱり、俺じゃ無理って感じですか?」

「は?」

「いえ、大丈夫です。気にしないでください。何回か会ってみたら、やっぱりなにか違うなっていうこと、ありますよね」

「いや、あの……」

「そもそも、俺みたいに料理もできないし、富士山どころか高尾山《たかおさん》にも登れるかどうかっていう、いいとこなしの男が、細谷さんのような素敵な人に一瞬でも選んでもらえただけで光栄っていうか」

「ちょっと待ってください」

「いい夢を見せていただいてありがとうございました」

「だからちょっと待ってくださいってば!」

なんとか平静を保とうとしながら、最後は震え声になっている拓海を、細谷が焦ったように諫《いさ》めてきた。

「勝手に話を作らないでください。むしろ、会うたびに山崎さんのことをどんどん好きになってますよ」

拓海の悪い想像とは真逆の言葉が返ってきて、頬がじわじわと熱くなった。

「それは……あの、すごく嬉しいけど、信じられないです。今日だって、しょうもない失敗ばっかりしてるし」

「そういうところが、かわいらしくて好きですよ。俺はどっちかっていうと人の世話を焼くのが好きで、構いたくなる人がタイプなんです。山崎さんはタイプのど真ん中ですよ」

くすぐったい告白にどんどん顔が熱くなり、手のひらが汗ばむ。

細谷の大きな手のひらが、拓海の手の甲の上にそっと添えられる。

空気が濃密になって、呼吸が苦しくなってくる。

その時、キッチンから鍋が噴きこぼれる音がした。

「あ、しまった」

細谷は拓海の手をポンポンと叩くと、キッチンに引き返して行った。

結局細谷が何を言おうとしたのか聞きそびれてしまったが、自分に愛想をつかしたわけではなく、むしろその反対だと知って、拓海はすっかり夢心地だった。

やがて料理ができあがり、二人でまた映画を観ながら食事をした。

細谷が作ってくれたスパニッシュオムレツとビーフストロガノフは、今まで食べたどんな料理よりもおいしかった。

「すごくおいしいです」

「それはよかった。おかわりしてくださいね」

拓海は食が細い方だが、細谷の心づくしに感激して、オムレツもビーフストロガノフもおかわりした。

約束通り、帰りは細谷が送ってくれた。

マンションの脇に車を停めると、細谷はサイドブレーキを踏みながら拓海に笑顔を向けてきた。

「今日もとても楽しかったです」

「俺の方こそ！　買い物を手伝ってもらって、手料理をごちそうになって、夢を見ているみたいな一日でした」

勢い込んで言うと、細谷はくすくす笑った。

「山崎さんは表現がいちいちかわいいですね」

三十の男があまり日常言われつけない台詞《セリフ》に、拓海は顔を赤くしてしどろもどろになる。

「か、かわいいなんて、俺からはかけ離れた形容です。百万光年はかけ離れてます」

この間、白髪だって見つけたし。

「百万光年ですか。ホント、かわいいな」

細谷は笑いながら、リアシートの背もたれに左手を置き、拓海の顔をまじまじと見つめてきた。

拓海は反射的に目を閉じ、それからハッと焦る。

完全にキス待ちみたいなポーズをとってしまったけれど、単なる勘違いだったらとんだ赤っ恥だ。

まるで時間が止まったようで、一秒が一分にも感じられる。いまさら目を開けることも出来ず、シートで硬直していると、細谷の気配がふわっと近づいてきて、唇を塞《ふさ》がれた。

心臓が激しく胸郭《きょうかく》を叩き、頭が真っ白になる。

緊張のあまりぎゅうっと唇を閉じたままでいると、唇はそっと離れていった。

「そんなに緊張しないでください。車の中でこれ以上のことをしたりしないから」

細谷が困ったような笑いを含んだ声で言う。

拓海はボンドで貼りついたみたいになっていたまぶたを思い切って開き、ぶんぶんとかぶりを振った。

「ち、違います。あの、キ、キスの経験があまりなくて、すごく、あの、ドキドキしてしまって……」

薄闇《うすやみ》の中、細谷は探るような目で見つめてくる。

「元カレとは、しなかったんですか？」

「キスとか好きじゃなかったみたいで、そこはいつも省略でした」

かつての交際相手の性急なセックスを思い出すと物悲しくなってくるけれど、少なくとも当

時はその性急さを愛情だと思い込んでいたのだ。

「山崎さんも?」

「え?」

「キスは嫌いですか?」

「いいえ! 俺はセックスよりキスの方が断然好きなくらいで……」

勢い込んで口走ってから、セックスという生々しい単語を口にしたことに焦り、また顔が熱くなるのがわかった。

「じゃあ、もう一回」

細谷はもう一度やさしく唇を合わせてきた。

拓海はやっぱり緊張で歯を食いしばったまま、まるで自分がロマンス小説の主人公になったようなときめきと幸福感に胸を高鳴らせた。


「何かあった?」

職場の休憩《きゅうけい》時間に、自販機の前で大田《おおた》にそう言われて、拓海は百円玉を投入する手を止めた。

「なに、急に」

「今、鼻歌うたってたじゃん?」

「そうだった？」

「偏屈王《へんくつおう》の山崎が鼻歌なんて、天変地異の前触れかと思うだろ」

「偏屈王ってなんだよ」

「おまえにピッタリだろ。結婚はコスパ悪いとか、へそ曲がり発言連発してさ」

そういえばそんなことを言ったっけと、遠い昔のように思い起こす。

社会人になってからは、ずっとそんなキャラを演じていた。半分は報われない恋愛願望の裏返し。そして半分はゲイだと気取《けど》られないための演出。

思いがけず恋愛願望が満たされた今、拓海の脳内は偏屈とは程遠いお花畑状態だったが、八年間演じてきたキャラを唐突に変えるのもおかしいし、性指向を隠すという部分は変わっていないから、職場では相変わらず斜に構えたクールキャラを装っている。

「そのおまえが児島の結婚祝いを選ぶって、不適任すぎだろって思ったけど、予想に反してまともなセンスで、みんな驚いてたぞ」

「いちいち失礼だな」

「褒《ほ》めてるんだって。児島の彼女も、すごい喜んでたって」

「それはよかったな。せっかく贈っても使ってもらえなかったら、金の無駄だからな」

そっけなく言い放ちつつ、心の中では選んでくれた細谷への感謝を呟き、そうしたら無性に細谷に会いたくなってしまった。

「あのチョイスといい、柄にもない鼻歌といい、何かあったんじゃないの？」

大田がからかうような視線を向けてくる。

「何かってなんだよ」

「女ができたとかさ」

鋭い指摘にドキリとしつつ、拓海は無表情に返した。

「的外れもいいところだ」

そう、女じゃなくて男なのだから、とんだ的外れだ。

「あれ、違った？　最近なんとなく機嫌よさげだし、絶対そうだと思ったんだけどなぁ」

そんなに顔に出ていたのかと焦りつつも、隠してもにじみ出てしまうほどに今の自分は幸せなのだと、しみじみ思った。

本当は大田をパーテーションの向こうの打ち合わせスペースに連れ込んで、はち切れそうな今の幸せを語りつくしたい。

自分の身に訪れた夢のようなロマンス。出会いから、日々の幸せの一部始終に至るまでをまくしたてて、改めてこの幸せを嚙みしめたい。

今日だって、仕事のあと細谷と食事の約束をしているのだ。楽しみすぎて、仕事が上《うわ》の空なくらいだ。

だが、もちろんそんなことを言えるはずもなく、拓海はうずうず感をポーカーフェイスの下に押しこむ。

「山崎、なんか顔が赤くない?」

不意に大田に言われて、拓海はビクッとなった。無意識の鼻歌といい、高揚感はうまく隠せていないようだ。

「気のせいだろ」

拓海は無表情にしらを切った。だが大田は身を乗り出して拓海をのぞき込んでくる。

「いやいや、絶対赤いって」

大田は拓海の額に手のひらを当ててきた。

「ほら、熱あるじゃん」

「え、そう?」

「風邪か?」

高揚感は細谷と会える興奮から来ているのかと思っていたが、確かに自分で触ってみても、額は少し熱かった。そういえば、昨夜から喉がヒリつく感じはしていた。

「大丈夫か?」

「平気だよ。今まで気付かなかったくらいだし、たいしたことない」

このあと細谷と会えることを思えば、少々の熱などすぐに下がってしまうに決まっている。

5

「細谷《ほそや》？　ボーっとしてどうした？」

ＰＣ画面を見つめていると、外回りから帰って来た同僚の北村《きたむら》にぽんと背中を叩かれた。

「いや、腹いっぱいで眠いなぁと」

適当なことを言ってごまかしてみせたが、細谷は山崎《やまざき》について思いを巡らせていたところだった。

慎吾《しんご》のおかげで、男同士の恋愛には世間一般よりは偏見《へんけん》がないつもりだったが、最初のデートはやはり自分の気持ちにも確信が持てず、半信半疑なところがあった。

だが、二度三度と逢瀬《おうせ》を重ねるにつれ、細谷の気持ちは完全に山崎に惹かれていた。

山崎は黙っているとあまり表情がなく、その整った容姿と隙のない装いゆえか、クールでとっつきにくそうに見える。

しかし内面はみてくれとは真逆のようで、打ち解けて話しているときの山崎には小動物のようなかわいらしさがあり、世話好きの細谷の保護欲をそそる。

しかも、女性と違って、こちらがいかに保護欲を発揮《はっき》しようとも、完全に頼り切ってこないところが、さらなる征服欲《せいふくよく》をもかきたてる。こんな気持ちは初めてだった。

この間は、とうとうキスもした。

パーティーの直後、慎吾に男同士のセックスの話題を持ち出されたときは、頭の中がフリーズしたし、気持ちは惹かれていたとはいえ、あの時点ではキスすらできるかどうか確信が持てずにいた。

だが、そんな不安は杞憂《きゆう》に過ぎなかった。車の中で、かつての苦い恋愛経験を言葉少なに語る山崎の、淋しげな横顔を見ていたら、たまらない情動がこみあげてきて、気付いたら口づけていた。

山崎は小さく震えながら、唇をぎゅっと真一文字に結んでいた。嫌がっているわけではないことは、闇の中でもわかるほど紅潮した頬の色でわかった。ただひどく色恋ごとに不慣れなようだった。

前の男とは、キスもろくにしたことがなかったという。あんなに臆病《おくびょう》で繊細《せんさい》な人を、キスすら教えずに弄《もてあそ》んだ男の存在を思うと、腹の底がカッカと熱くなった。はらわたが煮えくり返るというのは、こういう感覚を言うのだろうか。

本当はもっと触れたかったけれど、過去の恋がトラウマになっていることを思うと、ことを急《せ》いてはいけないと自制した。

まさか自分が、同性への情動に悶々《もんもん》とする日が来ようとは予想もしていなかった。

「おーい、細谷？　目の焦点《しょうてん》が合ってないぞ。そんなに眠いなら、外回りのふりしてネカフェで休憩してくれば？」

北村に言われて細谷は我に返り、柄にもない自分の恋愛ボケに呆れ笑いを浮かべた。

「顔でも洗ってくるよ」

席を立ちながら、ふと北村がブリーフケースから取り出した書類に目が留まった。山崎の勤務先の社名が記されている。

「北村、ここの担当？」

「ああ、先週引き継いだんだ」

「向こうの担当ってなんていう人？」

「大田さんと、その上司の……あれ、名前度忘れしちゃった。ちょっとこう、鶴瓶師匠《つるべししょう》に似た感じの……」

少なくとも山崎ではないことはわかって、細谷は苦笑した。社名を目にしただけで山崎を連想して色めき立つなんて、恋愛ボケにもほどがある。

「いや、ホントに似てるんだって」

細谷の笑いを違う意味に勘違いしたらしい北村は、なおも名前を思い出そうとしばらく考え込んでいたと思ったら、唐突に関係ないことを言いだした。

「そういえばさ、前に言ってたゲイの恋活パーティーってどうだった?」

ある意味タイムリーな話題に、細谷はドキリとなった。

北村とは同期の中でも特に親しく、プライベートでもよく飲みに行ったりしている。慎吾を交えて飲むこともあり、慎吾の性指向にも理解がある。

この前、三人で飲んだときに、慎吾が恋活パーティーに参加することを話し、細谷が付き添うことも告げてあった。

「ああ、カップル成立して、順調につきあってるっぽい」

自分のことには触れず、慎吾のことだけ報告する。

「それはよかったな。慎吾くんはいい子だから、幸せになってもらいたいよな。今度ノロケを聞かせてって言っておいて」

「OK」

細谷は北村に笑顔で応じ、トイレに立った。

手洗い場の前でメガネを外してざぶざぶと顔を洗い、鏡の中の自分に向かってひとつため息をついた。

パーティー参加のいきさつを、細谷はまだ山崎に打ち明けられずにいた。

最初は率直に話すつもりでいた。自分は元々ノンケで、パーティーには付き添いで行っただけだったが、思いがけず山崎に一目ぼれしてしまったのだ、と。

きっかけはどうあれ、結果的には大団円で、問題はないと思っていた。

だが、打ち明けようとしたとき、別れ話だと勘違いした山崎が見せた悲壮《ひそう》な表情に、言うタイミングを逸してしまった。

過去の不幸な恋のせいで、山崎は恋愛に関してとてもナーバスになっているらしい。細谷の言動に過剰にびくびくしているさまは、手負いの小動物のようで痛々しかった。

人を謀《はか》ることが嫌いな細谷にしてみれば、すべてを打ち明けて隠し事なしに山崎とつきあいたいが、山崎を見ていると、事実を伝えることは、本当に誠実な行為なのだろうかと不安になってくる。

打ち明けた細谷はスッキリできるが、打ち明けられた山崎は、それをどう受け止めるだろう。ノンケだった人間が一目ぼれしたくらいだから、その気持ちは強固なものだと前向きに理解してくれればいいが、参加理由を知って嫌な気持ちになるのなら、本末転倒だ。

結局、一番尊重されるべきは、山崎の気持ちなのだ。いたずらに山崎を不安にさせるようなことはすべきではない。

今、細谷が山崎を想《おも》う気持ちに嘘はなく、これからも末長くつきあっていきたいと強く思っている。だとすれば、山崎が不愉快《ふゆかい》になるかもしれないことをわざわざ打ち明けるよりも、もっと山崎が幸せな気持ちになれる方向に心を砕《くだ》くべきではないか。

話すにしても、そこはもう少し関係が強固なものになってからがいいかもしれないと、細谷は結論づけた。

メガネをかけ直して、手櫛で髪を整える。

金曜日の本日、退社後に山崎と食事をする約束をしていた。普段は週末にデートを重ねていたが、今週末、細谷は泊まりで親戚《しんせき》の法事に出席することになっている。来週ゆっくり会えばいいのだが、どうしても山崎の顔が見たくて、携帯で約束を取り付けた。

恋の始めは心浮き立つものとはいえ、こんなに会いたいという気持ちが募るのは、初めての経験だった。

山崎と違って、細谷はこの歳までそれなりに恋愛を楽しんできた。これまでの交際相手は、料理上手だったり、気がきいたり、スポーツが得意だったりと、皆それぞればっと目につく長所があった。

だが、山崎は、そういうなにか秀《ひい》でたところがあるタイプではない。

男としてはかなり端整な部類に属するのは確かだが、それにしても『男』である。

スマートな外見の割に、色々と不器用そうだし、話し上手でもない。極度に臆病《おくびょう》で、そのうえペシミストっぽい。

しかし細谷は、山崎と一緒にいるととても楽しく、気分が高揚した。

これもまた失礼な話だが、昔実家で飼っていた猫のシロを思い出す。

目つきの悪い元捨て猫で、なにか秀《ひい》でた特技やかわいらしさがあるわけでもなかったが、細谷はシロを溺愛《できあい》していた。ただ無条件で愛《いと》おしい気持ちは、ペットを飼ったことがある人間なら誰でも理解できるはずだ。

決して山崎をペット扱いしているわけではないのだが、気持ちの問題として、細谷が山崎に抱く好意はそれに近いものだった。

シロに何をされても腹は立たず、生涯愛おしい気持ちに変わりがなかったように、細谷にとって山崎はずっと大切にできる相手だという予感があった。

恋愛ボケだと言われてしまえばそれまでだが、仕事でも私生活でも、細谷のカンのようなものはまず外れたことがなかった。

自分の運命の相手が男だったというのは、思いがけないことだったが、慎吾のおかげで免疫があったせいか、元来の前向きな性格ゆえか、立ち直りも早かった。

今はただ、この関係を大切にしていきたいという明るく幸せな気持ちで満たされていた。


とても珍しいことに、山崎は待ち合わせに五分ほど遅れてきた。しかもマスク姿だった。

「すみません、お待たせしてしまって」

息を切らせて恐縮しつつ、合間に咳《せ》き込《こ》んでいる。

「大丈夫？　風邪ですか？」

「たいしたことはないんですけど、細谷さんに移すと申し訳ないので、一応マスクをと思って。ドラッグストアって、普段はあちこちで目にするのに、いざ探すと見つからないものですよね」

山崎が手にしているドラッグストアの半透明の袋から、マスクの箱と風邪薬のパッケージが透けて見えた。

マスクからのぞいた目は、いつものクールさを失ってとろりと潤《うる》んでいる。

雑踏の中で、細谷はさりげなく山崎の額に触れ、その熱さに驚いた。

「結構な熱じゃないですか」

「大丈夫です。ちょうど熱があがる時間帯ってだけで、体調的には全然問題ないので」

「ダメですよ。今日は帰りましょう」

細谷がきっぱり言うと、山崎は見る間にしょげてうなだれた。

「……そうですね。週末はお出かけなのに、細谷さんに移してしまっては申し訳ないし」

デートが中止になったことへの落胆《らくたん》と、細谷への気遣《きづか》いでしょんぼりしている山崎の姿に、細谷は思わず路面に押し倒したいほどの愛おしさを覚え、表情を緩《ゆる》めた。

「俺は頑丈《がんじょう》だから、そう簡単に移されたりしませんよ。それより山崎さんは早く休んだ方がいいです。……そうだ、夕飯を買って、山崎さんの部屋にお邪魔するのはどうですか？」

細谷が提案すると、山崎は顔をあげ、戸惑ったような表情になった。

「俺の部屋、ですか？」

「うん。山崎さんは身体を休められるし、一緒の時間も過ごせるでしょう?」

「俺の部屋はちょっと……」

山崎は気まずげに口ごもる。

細谷はあけっぴろげな性格で、急な来客も気にならないタイプだが、誰もがそうとは限らない。

散らかっているとか、自分のテリトリーに人を招くのが苦手だとか、人それぞれ事情はあるものだ。

「わかりました。じゃ、夕飯を買って、玄関まで送らせてください。また来週の週末に会えるのを楽しみにしていますから、ゆっくり休んで体調を回復させてくださいね」

名残惜しさを押し隠して、細谷は明るく提案した。とにかく山崎の体調第一だ。

山崎は呟き込みながら、しばし考え込むような顔になった。それからおずおずと細谷を見つめてくる。

「あの、こういう展開は予期してなくて、俺の部屋、すごく散らかってるんですけど、もしよかったら、寄って行ってください」

「それは嬉しいけど、迷惑じゃないですか?」

「まさか。ただ、ちょっと色々ひどくて、細谷さんに引かれるんじゃないかって心配で……」

こんなにクールでこぎれいな顔をしていながら、部屋は汚《きたな》いなんて、むしろ落差に好感が持てる。そんなふうに思うのは、あばたもえくぼの典型だろうか。

しかも散らかった部屋を見られたくない気持ちと、細谷と一緒にいたい気持ちの間で揺れ動き、結局細谷との時間を優先してくれたところが、たまらなくかわいらしく思えた。

「そんなこと、気にしないでください。仲のいい従弟がすごい散らかし屋で、慣れてますから」

「そういうのとはまた違うと思うんですけど……」

山崎は口の中でぼそぼそとなにか呟いていた。

コンビニで弁当と飲み物を調達し、山崎の部屋に向かった。

前置きとは裏腹に、山崎の部屋はたいして散らかってなどいなかった。モデルルームばりの美しさとは言わないが、独身男性の部屋としては、充分片付いている。

「きれいじゃないですか」

「今日細谷さんが来てくれるってわかってたら、もっとちゃんと片付けておいたのに」

「山崎さんは学生時代、全然勉強しなかったとか言いながら徹夜《てつや》で勉強して、百点を取る子だったんじゃないですか？」

細谷がからかうと、山崎は「そんなことないです」と気まずそうに言いながら、ソファの上の数冊の本をクッションの下に押し込んだりしている。

「そんなのいいから、とりあえず座って、休んでください」

「いいえ、このソファ、狭《せま》いので、細谷さんがどうぞ」

「俺は床に座るから大丈夫。あ、それともベッドで横になった方がいい？」

寝室と思《おぼ》しきドアの方に顎《あご》をしゃくってみせると、山崎は顔色を変えてかぶりを振った。

「大丈夫です！　いたって元気ですから！　とりあえず、インスタントみそ汁用のお湯を沸《わ》かしますね」

山崎は電気ポットを手に、ハムスターのようにキッチンに駆け込んで行った。

その振動でというわけでもないのだろうが、クッションの下につっこまれていた本が、ソファの上からずり落ちて、床に落下した。

拾い上げようとして、ふと表紙に目が留まる。

タイトルや絵柄からして、どうやら女性向けの恋愛小説らしい。

水を満たした電気ポットを持って戻って来た山崎は、細谷が本を手にしているのを見て目を見開いて固まった。

「落ちてきたので拾おうと思って」

細谷が言うと、山崎はポットを放り出し、細谷の手から本を奪い取って背後に隠した。

「見ちゃいました？」

「表紙だけ」

「引いてますよね。……ロマンス小説だなんて」

「どうして？　ＡＶがずらっと並んでたりするより、ずっと健全で微笑《ほほえ》ましいじゃないですか」

山崎があまりにも動揺しているので、空気を和《やわ》らげようと冗談めかして言うと、山崎は硬直したままかぶりを振った。

「むしろAVの方が、男としては健全じゃないですか」

「そうかなぁ。少なくとも山崎さんは、そっちのきれいな表紙の本の方が似合ってるけど。あ、いや、もちろん、山崎さんがAV好きだったとしても、それはそれでアリですよ」

変なフォローをする細谷に、山崎は少し表情を緩めた。

「いえ、俺はそういうのはあんまり……。なんていうか、精神的に満たされる方が好きっていうか」

「読書で精神的な満足感を得るなんて、知的で素晴らしい趣味じゃないですか。恥ずかしがる理由がわからないな」

「男らしい趣味じゃないし、細谷さんにバレたら嫌われるんじゃないかって、気が気じゃなかったんです」

山崎は背後に隠した本を大事そうに胸に抱《かか》え直《なお》して、恥ずかしげに視線を伏せた。

「今でも、細谷さんとおつきあいできていることが夢みたいで、信じられなくて、なにかこういうちょっとしたことで嫌われるんじゃないかって、怖くて……」

「まさか」

細谷は目を丸くした。自分のことをそんなにも好きでいてくれて、そのせいで見えない敵に怯《おび》える山崎が、微笑ましくてあまりにもかわいらしい。

「俺は一度好きになった相手をそう簡単に手放したりしませんよ。山崎さんのことは、会うたびにもっと好きになってます」

山崎は「嬉しい……」と小さく呟くと、その場にくずおれた。

「山崎さん？　大丈夫？」

慌てて傍《かたわ》らにしゃがみ込むと、山崎は首をゆらゆらと前後に振った。

「大丈夫です。なんかほっとして、腰が抜けました」

「熱のせいですよ。ほら、もうつまらないことは気にしないで、寝室で横になってください」

「でも」

「俺がいると気が休まらないって言うなら、もう失礼しますよ？」

わざとちょっと強めな言い方をすると、山崎は細谷のスーツの腕を摑《つか》んで、ふるふるとかぶりを振った。

「帰らないでください！　あ、いや、明日の準備もあるだろうし、風邪を移しても悪いから、本当は帰った方がいいのはわかってるんだけど……」

「帰りませんよ」

しどろもどろの山崎に微笑ましい気持ちで告げて、寝室まで手を貸した。

ドアから寝室をのぞいた細谷は、ちょっと驚いた。地震のときには危ないのではないかと思うほどベッドに隣接した本棚は、たくさんの本で埋め尽くされている。古い海外小説なども多くあったが、それらを含め大半がロマンス小説のようだった。

「……今度こそ引きましたか？」

蚊《か》の鳴くような声で、山崎が訊ねてくる。

これらが原因で、部屋に細谷を呼ぶのを躊躇《ちゅうちょ》したのかと思うと、その愛らしさに自然と笑いがこみあげてくる。

「いいえ、ちっとも。でも、地震で山崎さんが押しつぶされると困るから、今度本棚の固定を手伝わせてくださいね」

細谷は山崎の上着を脱がせ、ベッドに横にならせた。

本当は部屋着に着替えた方が楽だと思ったが、細谷が自分の部屋にいることでテンパっている山崎は、きっと着替えも躊躇するだろう。

あれこれ構いつけると更に緊張させてしまいそうなので、細谷はわざと自分の部屋のように寛いでみせ、寝室にさっき買った弁当を持ち込んで、山崎にも食べられたら食べるように軽く勧め、自分は遠慮《えんりょ》なく箸をつけた。

思ったとおり、細谷が寛いでみせると、山崎の身体から緊張がとけていくのがわかった。

他愛《たわい》もない会話を交わすうちに、明日の法事の話から家族の話になり、山崎がためらいがちに訊ねてきた。

「細谷さんは、ご家族にカミングアウトしてるんですか？」

「いえ」

細谷は苦笑いした。山崎は知らないだろうが、カミングアウトもなにも、細谷自身、自分が男も愛せる人間だと知ったのは、ごく最近のことなのだ。男も、というより、山崎限定なのかもしれないが。

山崎は細谷がストローを添えて差し出したオレンジジュースを飲みながら、表情を曇らせた。

「息子が男とつきあってるなんて知ったら、ご家族はきっとショックを受けますね」

「いや、多分、世間一般の親よりはリベラルだから、大丈夫だと思いますよ」

細谷は十数年前のことを思い出す。慎吾の性指向が露呈《ろてい》したとき、慎吾の両親はひどくショックを受けて、怒ったり、泣き落とそうとしたりして、ひと騒ぎとなった。

それを見ていた細谷の両親は、一方的に責められる甥《おい》が気の毒になったのか、慎吾を擁護《ようご》する側に回り、その説得もあって、最終的には慎吾の両親も理解を示すという結論に落ち着いた。

自分の息子も、となれば、両親もなにがしかの衝撃は受けるだろうが、慎吾の一件で免疫ができているだろうし、あのとき慎吾を擁護した手前、息子を非難するわけにもいかないだろう。

「両親は妹一家と同居していて、孫もいるし、離れて暮らす息子の私生活に口を出したりしませんよ」

それも事実で、最近の両親からのＬＩＮＥはもっぱら孫の話と写真ばかりで、幸か不幸か細谷の影はすっかり薄くなっている。

「山崎さんは、家族には話してあるんですか？」

質問を返すと、山崎は淋しげに笑った。

「十代の頃に二人とも亡くなっているので」

「それは……つらかったでしょうね」

なんとも切ない話に細谷が言葉を詰まらせると、山崎はしんみりしそうな空気を払拭《ふっしょく》するように笑ってみせた。

「父が十分すぎるものを遺《のこ》してくれたので、一人になっても経済的に困ることはなくて、悠々と大学にも行かせてもらいました」

「でも、淋しい思いもしたでしょう？」

細谷が言うと、山崎は目を潤ませ、気恥ずかしげに視線を伏せた。

「両親を早くに亡くして、兄弟もいなかったので、ずっと家族というものに憧れてきました。でも、俺は家庭を作ることはできないので、小説の世界で疑似《ぎじ》体験を楽しんでいるんです」

山崎は横になったまま、本棚に手をのばして本の背表紙を指でなぞった。

「ロマンス小説っていっても、主役の二人の惚れた腫《は》れたばっかりじゃなくて、それを取り巻く人たちの愛情とか、人間模様とかが描かれている本が好きで……ってなんだか話が脱線してますね」

山崎は照れ臭《くさ》そうに小さく笑う。横になっているせいで、いつもはきちんと整えられた髪が目元にほつれかかっているのが色っぽい。

その髪をかきあげてやろうと手をのばすと、山崎が遠慮がちに細谷の手に触れてきた。

「体調が悪いとき、こんなふうに誰かが横にいてくれるのって、なんだか架空の夢物語の中に迷い込んだみたいですね」

照れ隠しにか山崎は少し冗談めかした口調だったが、細谷はぐっと胸を摑まれた。

山崎は、こうして幾千《いくせん》の淋しい夜を一人で過ごしてきたのだろう。

もちろん、世の独身の男なら、いや女だって、みんな一人の夜を過ごしているはずだし、細谷もその一人だ。だが、細谷はそれを特に淋しいとも感じず、むしろ一人の時間を楽しんできた。友人や職場の同僚と気ままに飲みに行けるのも独身ならではの気楽さだし、時々実家の親から送られてくる孫の写真つきＬＩＮＥを微笑ましいような鬱陶《うっとう》しいような気持ちで読み流していた。

だが、山崎は家族とのＬＩＮＥのうざったさを味わうこともなく、一人でじっと淋しさをこらえて生きてきたのだ。それもまだ十代の頃から。

山崎の髪をかきあげながらそっとこめかみを撫でると、山崎は恥ずかしそうに小さな声で言った。

「細谷さんの手、気持ちいいです」

経験したことがないような情動がどっとこみあげてきて、愛おしさのあまり山崎を激しく抱きたい衝動に駆られる。慎吾に、男とセックスできるのかと問われて逡巡《しゅんじゅん》したことが、もはや遠い昔のようだった。できるどころか、矢も楯《たて》もたまらず山崎を抱きたい。この淋しげな瞳に官能と幸福の色がともるところを見てみたいと強く思う。

だが、細谷は奥歯をぎゅっと嚙みしめて、その情動をこらえた。

体調のすぐれない山崎に手を出すわけにはいかないし、なにより、山崎が欲しているのは激しいセックスなどではなく、心穏やかな家族的愛情なのだ。

いつかは、身も心もすべてを自分のものにしたいけれど、まずは安心してそばにいられる男だと思って欲しい。山崎のかつての恋のトラウマを思うと、身体の関係にはさらに慎重にならざるを得ない。

細谷は山崎に少しでも食事をとるように勧め、風邪薬を飲ませた。

「色々ありがとうございました。もう大丈夫なので、細谷さんも帰って明日の準備をしてください」

「うん。ゆっくり休んでくださいね。もしも症状がひどくなったりしたら、いつでも遠慮なく連絡してください」

「ありがとうございます」

「とかいっても、どれだけひどくなっても、山崎さんは遠慮して連絡してくれなそうだけど」

「だって、ただの風邪だし。でも、そんなふうに言ってもらえるだけで、どんな滋養強壮剤より効く気がします」

法事がなければ、今日はこのまま山崎の部屋に泊まってしまうのに、と、名残惜しく立ち上がりながら、細谷はふと本棚に目をやった。

「もしよかったら、山崎さんのお薦《すす》めの本を一冊貸してもらえませんか？」

「え？」

「ロマンス小説って読んだことがないので、一度読んでみたいです」

「それは……すごく嬉しいけど、細谷さんの趣味には合わないんじゃないかな」

「ものは試しで。山崎さんが好きな世界がどんなものなのか、興味があります」

山崎はそわそわと本棚に指を這《は》わせ、やがて一冊の文庫本を抜き出した。

いかにも女性向けのロマンス小説らしく、昔風のドレスを着た女性が表紙になっている。その表紙と『フレデリカの初恋』というタイトルに、自分から水を向けておきながら尻込みしそうになった細谷だが、

「最近読んだ中では、これがいちばんお気に入りです」

山崎が目を輝かせて薦めてくれるので、覚悟を決めて受け取った。

細谷の表情から何か感じるところがあったのか、ふと山崎は不安げな顔になる。

「あの、その本が合わなかったら、俺との関係も考え直したくなったりしないですか？」

本気で案じている様子に、細谷は思わず笑ってしまった。

「まさか。本の好みなんて人それぞれですよ」

自分ごときの愛を得ることに一生懸命になってくれている山崎が心底愛おしくて、額にそっと唇を落とした。山崎はくすぐったそうに頬を染めた。

迂闊《うかつ》に触れてしまったことで、もっと色々触りたくなってしまったけれど、理性を総動員して自分を宥《なだ》め、細谷は名残惜しく山崎の部屋をあとにした。


無事、法要を終えたあと、細谷は一日早く帰郷していた慎吾と一緒に帰りの新幹線に乗った。

親族と別れて二人きりになると、当然互いのその後を訊ね合う展開になり、車中でひそひそと近況を報告し合った。

慎吾は相手とうまくいっているようで、来週は温泉旅行に行く予定だという。

「たっちゃんはどうなの？　やっぱ気の迷いだったってことはない？」

「いや、会えば会うほど、運命の相手だって気がしてきてる」

細谷が言うと、慎吾は目を丸くした。

「ちょっと大丈夫？　冷静沈着で、僕と違って恋に血迷ったことなんかないたっちゃんが運命の恋とか、怖いんだけど。よっぽど身体の相性がよかったとか？」

　ことさらに声をひそめて囁かれた最後の質問に、細谷はかぶりを振ってみせた。

「そこまでいってない」

「え？」

「だから、まだ清い関係だ」

「えーっ⁉」

　いきなり慎吾が突拍子もない声をあげたので、細谷は眉をひそめて唇の前で人差し指を立ててみせた。

「ごめんごめん。だってあんまりびっくりなこと言うから。まだ寝てないってどういうこと？」

「まだって言っても、たかが二ヵ月足らずだろ」

「そうだよ、二ヵ月。やりまくっててもいい時期じゃん。やっぱ同性相手はハードルが高い？」

「いや、理性を総動員して、我慢してる」

　慎吾は「は？」と怪訝そうな表情になった。

「なにそれ」

「山崎さんは過去の恋がトラウマになっていて、臆病な人なんだ。だからそこは慎重に行こうと思って」

「そういうところ、やさしいよね、たっちゃんは。でもさ、山崎さんだって新しい恋に進もうって思ったからには、覚悟は決めてるんじゃない？　たっちゃんからのアプローチを待ってると思うけどな」

「そうかな」

慎吾の言葉に少し心を動かされつつも、細谷は初めてキスしたときの山崎の様子を脳裏に思い起こす。キスだけであんなに緊張して震えていたのだ。ここは迂闊に慎吾の言葉に流されずに、タイミングを待った方がいい。

色っぽい話を聞きだせないとわかると、慎吾は音楽を聴きながらうとうとし始めた。

細谷は鞄《かばん》から山崎に借りた本を取り出し、ずっと気になっていた続きを読み始めた。

タイトルから想像して、初心《うぶ》な少女が初めての恋にドギマギするような、いわゆる胸キュンな恋愛ものなのかと、やや身構えていたが、読み始めてみるとまったく違っていた。

主人公は、当時の社会ではすでに婚期を逃したとみなされている年頃の、機知にとんだ女性だった。彼女の恋の相手は、人生に退屈しきった尊大で皮肉屋な侯爵なのだが、侯爵が彼女とその弟たちに振り回されながら、人間らしい情愛に目覚めていく様子が、実に面白くてわくわくした。ロマンス小説でありながら、あたたかく愉快な人間ドラマが繰り広げられる。

最後の一行を読み終え、満足感に浸りながら、細谷は山崎のことを考えた。

単なる惚れた腫れたではなく、家族愛や隣人愛なども内包したこういう小説が大好きだという山崎。早くに両親を亡くし、長い孤独な時間を、架空の物語で埋めていたのだと思うと、愛おしさがなお募った。

昨日から何度か携帯でやりとりして、風邪がよくなってきていることは確認していた。短く本の感想を送ると、山崎からは嬉しげな返信があった。

新幹線の振動に身を委《ゆだ》ね、来週の待ち合わせについてやりとりしながら、細谷は山崎への想いをさらに強くしていった。

6

週末が待ち遠しいという感覚を、拓海《たくみ》は最近初めて知った。

もちろんこれまでも、休日にダラダラするのは楽しいことだったが、明けても暮れても一人きりの週末は、ときに時間を持て余してしまう。

でも、今は週末には細谷《ほそや》との時間が待っている。

金曜日の午後、拓海が終業時間を心待ちにしながら業務日誌をつけていると、大田《おおた》がふらっと寄って来た。

「山崎《やまざき》、このあと取引先との飲み会に同席してくれない？」

いきなりな誘いに、拓海は「は？」と眉をひそめた。

「どこ？」

相手先を訊ねると、細谷の会社だったので一瞬ドキリとしたが、細谷は担当ではないし、拓海も携《たずさ》わっていない。

「なんで俺？　関係ないんだけど」

「羽島《はしま》課長と行くはずだったんだけど、出張帰りの飛行機が天候不良で飛ばなくて、間に合わないんだって」

「じゃ、先方に詫びて延期するしかないだろ」

「それがたまたま、先方の課長さんも同じ出張先で、帰って来れなくてさ」

「それは好都合じゃないか」

「で、とりあえず双方《そうほう》の若手で気楽に飲もうって話になったんだ。先方も担当が変わったばっかだから、まずは親交を深めようってことで」

「知らないよ、そんなの」

「まあまあ、そう言わないで、俺の顔を立てると思って、ちょっとつきあってよ」

「なんでおまえの顔を立てなきゃならないんだよ」

「同期のよしみだろ」

馴れ馴れしく肩を抱かれ、拓海はその手をぞんざいにはねのけた。

明日はデートの前に細谷が拓海の部屋に寄ることになっている。本を返しがてら、また別のものを借りたいと言ってくれて、拓海はそれがとても嬉しかった。

今日は定時にあがって、部屋の掃除をするつもりだったから、自分の業務と無関係の飲み会など遠慮したいところだ。

拓海の事情など知る由《よし》もない大田は、いつもの拓海のつれなさだと解して、さらに強引に押してくる。

「頼むよ！　ほかの連中にも声かけたんだけど、週末だからみんな予定が入っちゃっててさ。その点、山崎なら、どうせひまだろ？」

いやいや、俺には明日の恋人の来訪に備えて部屋の掃除をするという重大な使命が！

心の中で叫んでみるも、日頃斜に構えて独身主義を気取ってみせている手前、そんな本音を口にできるわけもない。

のらくらと躱《かわ》していたら、部長から「つきあってやってくれ」とダメ押しされてしまい、拓海は渋々大田に同行することとなってしまった。

「一次会だけだからな。タイムリミットは二時間だぞ」

ぶつぶつ文句を言いながら大田に連れていかれたダイニングバーには、すでに先方の二人が到着していた。

「お待たせしてすみません」

愛想よく歩み寄る大田のうしろで、拓海は思わず固まった。

相手先の一人が、なんと細谷だったのだ。

細谷も驚いた様子で、目を見開いている。

「どうもお世話になります、北村《きたむら》です」

もう一方の男から名刺を差し出され、拓海は我に返って、自分も名刺を取り出した。

「どうも、山崎です」

成り行き上、細谷にも名刺を差し出すと、細谷は一瞬戸惑った顔をしたものの、ここは初対面で通した方がいいと考えたのか、よそゆきの笑顔での名刺交換となった。

「こっちは細谷です。同期の中ではいちばん仲がいい男です」

北村の紹介に、細谷が笑顔で会釈をよこす。

「こちらは週末だったので、山崎しか手の空《あ》いてる者が見当たらなくて」

一方大田はとんだ内情をぶっちゃけ、北村が失笑をもらした。

「まあ今日は幸い……って言ったらアレですけど、うるさい上司がいないので、同年代で親交を深める会ってことで」

北村がそう宣言した通り、飲み会は気さくな雰囲気で始まった。

最初は戸惑ったものの、思いがけない形で細谷の普段の姿を眺められることとなり、会話の間も拓海の全神経は細谷に集中していた。

大田と北村の間で仕事がらみのやりとりが交わされたのはほんの最初だけで、アルコールと共に場の雰囲気は和み、徐々に雑談にシフトしていく。

二人きりのときとはまた違う、細谷の落ち着いた雰囲気、場を和ます機知に富んだ話術など、どれもこれもうっとりしてしまう。

こんな形で思いがけずに会えたことをラッキーだと思う反面、外野を除外して早く二人きりになりたいとも思ったりする。

細谷の存在に気を取られて、どこか会話が上の空になりがちな拓海に、北村が声をかけてきた。

「山崎さんは担当外なのに、今日はこんな席に駆り出されて災難でしたね」

災難は事実だが、それはあくまでもこちら側の事情である。自分が上の空なせいで北村に気を遣《つか》わせてしまったことに恐縮し、拓海は場を取り繕《つくろ》おうと口を開きかけた。

だが、大田の方が一歩早かった。

「こいつ、営業にあるまじき愛想の悪さですみません。会社でもクールビューティーの山崎っていって、みんなに恐れられてるんですよ」

「大田」

大仰な表現でネタにしようとする大田を、拓海は慌てて制した。

職場でとっつきにくいキャラを演じているのは事実だが、営業先ではきちんと礼儀を尽くしているし、今だって細谷に気を取られて無表情になっていただけで、わざと感じ悪く振る舞っていたわけではない。

しかし大田は、場を盛り上げようというサービス精神か、さらに言いつのる。

「カタブツっていうか、醒めてるっていうか。せっかくイケメンなのに、恋愛にも全然興味ないみたいで、この間も同期の結婚祝いの飲み会で『結婚なんてコスパが悪い』とか言っちゃって。みんなドン引きですよ」

大田の暴露に、背中を冷や汗が伝う。よりにもよって細谷の前で、なんという羞恥《しゅうち》プレイだろう。

恋活パーティーに相手を探しに行き、愛読書はロマンス小説という素の姿を知っている細谷は、自分の前での拓海と、今の話との落差をどう思っただろう。細谷の前で猫をかぶっているような受け取り方をされて、興ざめされたらどうしよう。

細谷の顔を見られないまま、ひたすらスーツの下で冷や汗を流しながら、なんとかそれ以上大田が余計なことを言いださないようにと焦る。

しかし拓海の懊悩《おうのう》は、北村のひとことで吹き飛んだ。

「結婚で思い出したんですけど、細谷はこの前、ゲイのお見合いパーティーに参加したらしいですよ」

「北村」

突然落とされた爆弾に、違う意味で血の気が引いていく。

さっきとは逆に、今度は細谷が焦ったように北村を制止にかかる。

しかしいかにも興味をそそる話題に、すぐに大田がくいついた。

「え、細谷さんってそっちの方ですか?」

反らせた手の甲を口元にあてて、大田がオネエポーズを作ってみせると、北村が「いやいや」

と否定した。

「細谷は断じてそっちじゃないですよ。歴代の交際相手も女性だし。ただ、ゲイの知人の付き添いで参加したらしいです」

「うわぁ。俺だったらいくら付き添いでも、そんな恐ろしげなところ、無理だな。度胸ありますね、細谷さん」

ぶるっと身震いしてみせながらも、大田は好奇心旺盛《おうせい》なまなざしを細谷に向ける。

何か言おうとした細谷を、ほどよく酔いが回ってきた様子の北村が遮る。

「もちろん細谷もさすがに最初は渋ってましたけどね。元々すごく面倒見がいいやつだし、営業っていろんな引き出しが必要だから、まあ気乗りしないことでも経験しておくと、ネタのストックになるじゃないですか」

「確かに。ゲイのお見合いパーティーに潜入なんて、だいたいどこでもウケそうなネタですよね」

大田が笑いながら相槌をうつ。

気乗りしないことでも経験。

ネタのストック。

拓海は血の気が引きすぎて、その場に倒れそうだった。細谷がどんな顔をしているのか、見る勇気もない。

細谷も、自分と同じように伴侶を得たいという真摯《しんし》な気持ちであのパーティーに参加していたと思っていたのに。

まさか本当はノンケで、知人の付き添いで渋々参加していたなんて。

しかも、ネタのストックのために。

出会ってから二ヵ月かけて築いてきたつもりでいた絆《きずな》が、一気に崩壊していく。

だが、そう言われてみれば、思い当たるところがいくつもあった。

パーティーでは冷ややかなくらい愛想がなかったし、希望の初デート先が『富士山』というのも、考えてみればあまり常識的ではない。

つまり細谷は誰かに迂闊に好意を抱かれないように、プロフィールに無理難題を書き、わざと無表情に振る舞って牽制していたのではないか。

カップルが成立したとき、拓海以上に細谷が驚いた顔をしていたのを思い出す。

今の話を聞いたあとでは、あの驚きの理由が理解できた。

単に付き添いで参加していたノンケの細谷は、誰ともカップルになりたくなかった。だが、最終アンケートの白紙提出は禁止されていたため、一番無愛想で話が弾まなかった拓海の名前を書いたのだろう。絶対にカップルになるはずがない安全パイとして。

だから、カップル成立してしまったとき、あれほど驚いていたに違いない。

「ゲイの人って、やるよりやられたい人の方が多いって聞いたことあるけど、やっぱそんな雰

囲気でした？」

　大田が面白半分という口調で、細谷に質問を投げかける。

　拓海はパーティーの受付で感じた複雑な気持ちを生々しく思い出した。タチよりも高い会費を払い、自分が男に抱かれたい男であるということが一目でわかる名札をつけたときの、あのやるせない気持ち。

　それでも、その後細谷とつきあえることになり、夢のような幸せの中で過ごすうちに、過剰な感傷を笑い飛ばせるまでになっていた。

　だが今、あのいたたまれない気持ちが一気に蘇《よみがえ》ってきた。

　ノンケの細谷は、カップル成立した瞬間、どんな気持ちになったのだろう。

　男に抱かれたい男に指名されたノンケの気持ち……。

　想像しただけで、この場から蒸発して消えてしまいたかった。

　細谷がなにか言いそうな気配がしたが、その前に拓海はポケットから携帯を取り出して、着信があったようなふりをした。

「すみません、ちょっと仕事先からの電話で」

　もごもご言って、携帯を耳にあてがいながら、席を外す。

　そのまま店の外へ出て、駅に向かって前のめりに歩きながら、まとまらない頭で大田に、取引先からの急な呼び出しなので、先に帰るという内容のメールを送った。適当な言い訳すぎてあとで嘘がバレるのは目に見えているし、そもそも電話で中座して、ひとことの挨拶《あいさつ》もなく辞去すること自体が非礼なのは重々承知だが、思考回路はもうまともに働かなかった。

機械的に足を動かしながら、頭の中にはこれまでの細谷との時間が次々と巻き戻っていた。

頭のどこかには、このショッキングな事態を信じたくないという思いがあった。

細谷は拓海のことを何度もかわいいと言ってくれた。手料理もごちそうしてくれたし、風邪をひいたときは看病《かんびょう》までしてくれた。自分たちの交際はとても順調だったじゃないか。

だが一方で、事実を知ってから思い返すと、あれもこれも違った見方ができた。

細谷は本当は即座に交際を断りたかったのだろう。だが、拓海が感極まって泣き出したりしたから、言いだせなくなってしまったに違いない。『面倒見がいいやつ』だと北村も言っていた。

そういえば、いつだったか『話しておかなきゃならないことがある』と深刻な顔で言われた記憶がある。話が逸《そ》れてそれきりになってしまったが、きっとあのとき、細谷は自分はノンケで拓海とはつきあえないと言いたかったに違いない。だが、やさしさゆえになかなか切り出せなかったのだろう。拓海が早くに両親に死に別れて家族の愛情に飢《う》えているようなことを言ってしまったのも、やさしい細谷の重荷になっていたのかもしれない。

やさしさに加えて、さっき北村が言っていた『ネタ』という言葉が脳裏を過る。

拓海自身、仕事先との円滑《えんかつ》なコミュニケーションのために、ウケそうな雑学やネタをネットで仕入れたりすることはある。客観的に見れば、勘違いしたゲイとの交際というのは、相当面白おかしいネタになるだろう。

牽制のつもりで記した希望デート先『富士山』に前のめりに食いついてみたり、本棚がロマンス小説で埋め尽くされていたり。拓海の生態は面白おかしいネタの宝庫だっただろう。

でも……。

心はあちらこちらに揺れる。

ただのネタだったのだと思う一方で、『会うたびに好きになる』と言ってくれた言葉を思い出し、細谷の愛情は本物だったのではないかとすがりたくなる。

いや、ダメだ。事実を知ってしまった以上、自分に都合よく考えるのはただの逃避だ。見たくないものも直視しなくては。

週末の繁華街には、身を寄せ合うカップルの姿が多数あった。

仲睦まじげなカップルたちをぼんやりと目で追いながら、そういえば、細谷からフィジカルな接触を求められたことは一度もなかったなと思う。

キスはしてくれたけれど、あれは場の雰囲気を読んだうえでの細谷のやさしさだったのだろう。それ以外の性的な接触は一切なかった。

当然のことだ。細谷はノンケなのだから、男とのセックスなんて、考えただけで身の毛がよだつだろう。

ほんの数時間前までは、幸せの絶頂だったのに。

天国から地獄《じごく》とは、まさにこのことだ。

あまりにショックすぎて、しばし思考停止に陥《おちい》った拓海だが、自宅のベッドに身を投げ出す頃には、ショックの反動でなんだか笑えてきた。

自分にとってはこのうえもなく悲劇的な出来事だが、自分以外のすべての人の目には、これは相当面白い出来事に違いない。

現状を俯瞰《ふかん》して、ベッドの上でしばしヒステリックに笑ったあと、拓海は本棚に手をのばして、お気に入りの本を手に取った。

やっぱりロマンスは架空の世界で楽しむに限る。

逃避をはかるべくページをめくってみたものの、いつもわくわくさせてくれる大好きな小説なのに目が滑《すべ》って一行も読めなかった。

現実の恋だけではなく、恋を夢見る心までへし折れてしまったらしい。

目じりを熱いものが伝い、自分が泣いていることに気付くと、また笑いがこみあげてきた。

泣きながら笑うのは、生まれて初めての経験で、ひどく心が消耗《しょうもう》した。

7

「えーっ!!」

奇声を発した北村《きたむら》が、一気に青ざめてコーヒー用のポーションミルクをひっくり返した。

「うわ、北村さんってば大丈夫?」

慌てて慎吾《しんご》がペーパーナプキンでミルクの洪水を堰《せ》き止《と》める。

「悪い。いや、しかし、マジで?」

細谷は無言で頷いてみせた。

土曜日の昼下がり。細谷《ほそや》は北村に、山崎《やまざき》との交際を打ち明けたところだった。

昨夜の飲み会のあと、中座したまま戻ってこなかった山崎に電話をして着信拒否のガイダンスが流れたときには肝《きも》が潰《つぶ》れた。ＬＩＮＥでメッセージを送ってもまったく既読がつかず、どうやらブロックされたようだった。

昨夜の出来事は、山崎を傷つけ怒らせるには充分すぎるほどだった。

よりにもよってあんな話を暴露するなんて、北村をどれだけ恨《うら》んでも恨みきれない。山崎は、細谷が面白半分でパーティーに参加し、話のネタにするために交際していたと誤解したに違いない。

だが、そもそもの原因は自分にあるのだ。パーティーのことを北村に話したのは細谷自身だし、事実を山崎に伝えていなかったのも、細谷の落ち度だった。

連絡がつかないまま、今日は予定通りに山崎の部屋を訪ねてみたが、居留守なのか外出してしまったのか、インターホンに反応はなかった。

諸々《もろもろ》言い訳をして気持ちを伝えたいのはもちろんのことだが、なにより山崎の安否が気にかかり、北村経由で、大田に電話で山崎の様子を探ってもらった。

いつも通りクールで元気だったという連絡をもらったときにはひとまずほっとしたが、細谷からは連絡がつかない事実に変わりはなかった。

北村は、細谷がなぜ昨日会ったばかりの相手の動向を気にするのかと不思議がったため、この際、事実を明かすことにして呼び出した。担当外とはいえ、今後とも山崎と北村が顔を合わせる機会がないとはいえないし、そのときにまた不用意な発言で山崎を傷つけて欲しくなかった。

たまたま遊びの誘いをしてきた慎吾も交えて、三人でカフェで会うこととなった。

開口一番、恋活パーティーで山崎と出会って交際するに至ったことを打ち明けると、北村は最前の通りポーションミルクをひっくり返して仰天《ぎょうてん》してみせた。

「嘘だろ？　頼むから嘘だと言ってくれ！　ていうかその話、どこからつっこめばいいんだよ。おまえ、いつから宗旨《しゅうし》替えしたの？　昨日の飲み会って偶然？　ていうか、俺、もしかしてめちゃくちゃとんでもないこと言っちゃってなかった？」

アワアワとうろたえる北村に、

「なにを言っちゃったんですか？」

慎吾が無邪気に訊ねる。

「いや、ほら、慎吾くんの恋活パーティーに、細谷が同伴した話をさ。もちろん、従弟とかそういう慎吾くんの個人情報には触れてないよ？　でも、ちょっと面白おかしくネタ的に喋っちゃったっていうか……」

「うわー」

「悪気はなかったんだよ。ただ、なにか場が盛り上がるネタを提供しなくちゃって、こう、サービス精神で」

言ってから、北村は慌てた顔になる。

「ごめん、ネタとか言って慎吾くんに失礼だよな」

「いえいえ。北村さんは偏見なく僕とも遊んでくれるし、そのサービス精神はわかりますよ。僕だって不謹慎《ふきんしん》なネタで笑いを取ったりすることはあるし」

慎吾の言うとおり、笑いというのは得てして不謹慎と紙一重《かみひとえ》なところがあるし、誰しも道徳の教科書のような会話ばかりを交わしているわけではないから、北村を攻めるのはお門違《かどちが》いだ。そんなサービス精神はぜひとも発揮《はっき》しないで欲しかったが、悪いのは細谷なのだ。

「ありがとう。だけどもう、山崎さんに合わせる顔がないよ。あーっ、昨夜に戻ってやり直したい！　そもそも、なんで山崎さんとのことを事前に教えておいてくれなかったんだよ」

「おまえと山崎さんが顔を合わせるってことが事前にわかってたら、ちゃんと言っておいたよ」

「まあそうだよな。不幸な偶然だったよな」

気まずげに頭を掻《か》いて、それから北村はふと探るような目で細谷を見た。

「だけどおまえ本気なの？　今までは普通に女の子とつきあってきたのに、急に男にいけるもの？」

「ですよねぇ。僕がコクったときだって、とりつくしまもないって感じだったのに」

「えーっ!!」

北村は新しいポーションミルクをまた取り落とし、テーブルに白い水たまりをこしらえた。

「二人にそんな衝撃の過去が!?」

「衝撃もなにも、一秒で玉砕《ぎょくさい》してなにもなかったですからね」

慎吾が苦笑いする。

「慎吾は身内みたいなものだから、性別以前の問題だよ」

「はいはい」

「いや、でもさ、慎吾くんくらいかわいらしい造形だと、同性でもちょっとドキッとする瞬間はあるけど」

「え、マジで？」

慎吾がはしゃいだ声をあげる。

「一瞬だよ、一瞬。でもさ、山崎さんはイケメンだけど、どこからどう見ても普通に男だぞ？」

「俺も自分で驚いたけど、好きになっちゃったら、もう男も女も関係ないよ」

細谷が言うと、北村は神々《こうごう》しいものでも見るような目を向けてきた。

「おー。俺もそういう気持ちになってみたいな」

「そういうわけだから、今後もし山崎さんと顔を合わせることがあったら、地雷の話題は避けてあげて」

「もちろん！」

強く請《う》け合《あ》う北村に頷いてみせ、細谷がすっと立ち上がると、慎吾が怪訝そうに見上げてきた。

「トイレ？」

「いや、先に失礼する。もう一度山崎さんのところに行ってみるよ」

「まあまあ落ち着いて」

慎吾は細谷のシャツの袖を引っ張って、座席に引き戻した。

「昨日の今日で押しかけるのは逆効果だと思うよ。少し冷静になるための時間を置いた方がいいと思う」

「だけど、今この瞬間も、山崎さんは俺に騙《だま》されたと思って傷ついているかもしれないんだぞ」

「だとしたらなおさら一拍おいた方がいいよ」

「でも」

「僕らってさ、常《つね》に偏見にさらされてるから、そういう嘲笑《ちょうしょう》にはすごく敏感なんだよ。僕はこの通り、慣れっこだからいまさら気にしないけど、話を聞く限りでは山崎さんってすごく生真面目で繊細そうな人じゃん？　多分相当ショックを受けて混乱してると思うんだよね」

昨日の俺を抹殺《まっさつ》したい、と北村が頭を抱える。

「頭に血がのぼってるときは、人の言葉をちゃんと聞こうっていう気になれないから、とにかく四、五日待った方がいいよ」

北村が顔をあげて頷いた。

「それはわかる。興奮してるときって、なにを言っても火に油ってことあるよな。ほとぼりが冷めると、なんであんなに怒ってたのかなって自分でも不思議に思うんだけど」

「そうそう。向こうも気持ちが落ち着くと、連絡を待つ心境になると思うから。だいたい、たっちゃんも今、ちょっと頭に血がのぼって普通じゃなくなってると思うよ」

慎吾に指摘されて、細谷は眉根を寄せた。

「俺が？」

「そうだよ。いきなり山崎さんとの関係を北村さんに暴露するってどうかと思う。山崎さんは自分の性指向をオープンにしてない人なんでしょう？」

「それは……」

「たっちゃんが一本気で、山崎さんを熱愛してることはよくわかるよ。でもこういうデリケートな問題は、いくらそれが正義だと思っても、相手の許可なくバラしちゃだめだよ」

言われてみればその通りだった。

「……そうだな。確かに非常識だった。動揺して、冷静な判断を欠いてたな」

細谷が反省すると、慎吾は笑ってみせた。

「もちろん、たっちゃんが山崎さんを守るために言ったのはわかるし、北村さんはぜーったいに他言したりしないってわかってるけど」

「そんな怖かわいい顔でプレッシャーをかけるなよ。大丈夫、絶対に誰にも言いません！　神に誓《ちか》って！」

慎吾に向かって神妙に誓いを立てたあと、北村は細谷に向き直った。

「とりあえず、山崎さんの様子は、俺がちょいちょい大田さん経由で探っておくから心配するな」

二人がかりで説《と》き伏《ふ》せられ、細谷は今すぐにでも山崎を訪ね、帰って来るまで部屋の前で待っていたいという気持ちをなんとか抑えた。

しかし、我慢も二日が限界だった。寝ても覚めても山崎のことが頭を離れず、こうしている間にも、山崎の中で誤解はどんどん大きくなって、ひどく傷ついているのではないか、あるいはもう自分に愛想を尽かしているのではないかと、気が気でなかった。

細谷には北村や慎吾など話を聞いてくれる相手もいたが、山崎はどうなのだろう。失礼ながら、あまり交友関係が豊かな印象を受けなかった。身寄りもないと言っていた。

独りで抱え込んだまま煮詰まっているのではないかと考えたら、もうじっとしてはいられなくなった。

月曜日、定時に仕事をあがると、細谷は一目散《いちもくさん》に山崎の会社に向かった。ビルの出入りを観察できるカフェの窓際の席で、山崎が出て来るのを待った。

何時間でも待つ覚悟でいたが、ほんの二十分ほどで山崎は出てきた。

パーティーで初めて見かけたときと同じような無表情で、ややうつむきがちに黙々と歩いていく。

細谷はセルフサービスのコーヒーカップを片付けるのももどかしく店を飛び出し、山崎の背を追った。

「山崎さん！」

声をかけると、山崎の肩が感電したようにビクッと上下した。

しかし足を止めることも振り向くこともなく、前のめりに歩いていく。

細谷は歩調を速めて、山崎の右隣に並んだ。

「この間はすみませんでした」

細谷の声など聞こえなかったように、山崎はいっそう足を速めた。

「色々誤解があるようなので、話を聞いてください」

食い下がると、山崎はぼそぼそと言った。

「俺のネタは、営業トークのお役に立ちましたか」

自虐的《じぎゃくてき》かつ険のある言葉から、山崎の傷心と憤《いきどお》りがひしひしと伝わってくる。

「そんなつもりは一切ないし、全部誤解なんです」

山崎はようやく足を止めると、ゆっくりと細谷の方を見た。

たった二日の間に頬がこけたように見えて、細谷の胸はきゅっと痛んだ。

山崎は、今まで細谷の前ではみせたことのないような硬い表情で言った。

「細谷さんはからかっていただけなのに、本気にしてすみませんでした」

「山崎さん」

「もしできれば、俺がとんだ乙女キャラで、見た目と中身に笑えるくらいギャップがあることは、仕事関係の人には言い触らさないでもらえるとありがたいです」

一息に言うと、また黙々と歩きだす。

「待ってください！」

細谷の声に耳を貸そうともしない山崎に焦《じ》れて、スーツの上からその手首を摑むと、激しい勢いで振りほどかれた。

「変な期待をさせないでください。もう疲れました」

憤ろしげに言うその顔は、本当に疲弊《ひへい》しきっていた。この二日間、きっと様々な感情に振り回されて、へとへとになっているに違いない。

まったくほとぼりなど醒めていそうにない雰囲気に、時間を置けと言った慎吾の言葉は正しかったのかもと思う一方で、もっと早く会って、山崎の物思いの時間を減らしてあげたかったと強く思った。

「期待もなにも、俺は本当に山崎さんのことが好きですよ」

「……ノンケなんでしょう」

「今まではそうでしたけど、山崎さんに会って、変わりました」

「そんなおとぎ話みたいなこと、信じられると思いますか？ 北村さんの話を聞いたときはショックだったけど、どこかで『やっぱりな』とも思いました」

「あれは……」

「細谷さんみたいに見た目も中身も完璧な人が俺を好きになるなんて、普通ありえない。話のネタとしてモニタリングされてたっていう方が、よほど納得がいきます」

「だからそうじゃなくて」

「もういいから、放っておいてください！」

前を歩いていたＯＬの二人連れが振り向くくらいの声で言ったかと思うと、山崎は突然車道に飛び出し、空車のタクシーを止めた。

考えるより先に、細谷はそのあとを追っていた。閉まりかけていたドアを手で押さえ、強引に乗り込む。

山崎がまた何か叫び出しそうになったので、シートの上で山崎の冷たい手をぎゅっと握った。

山崎は口を開いたまま固まった。その血色の冴えない顔が、徐々に血の色を帯びていく。

「どちらまで?」

ただならぬ雰囲気に気付いているのかいないのか、運転手が淡々と訊ねてきた。

山崎は動揺のせいか声も出ないようだった。

細谷は少し考えて、山崎の部屋の最寄りの町名を口にした。強引に細谷の部屋に連れ帰るよりも、山崎のテリトリーの方が、山崎がリラックスできるのではないかと思った。

最初のうちは山崎は細谷の手をほどこうと必死になっていたが、強く握り続けているとそのうちおとなしくなった。

山崎の部屋の前に着く頃には、氷のように冷たかった山崎の指が、細谷の体温と溶け合う温度になっていた。

名残惜しく指をほどき、支払いを済ませて降車する。

タクシーが遠ざかると、ぎこちない沈黙が二人の間に立ち込めた。

「部屋にあげたくなかったら、ここでいいので、ちょっと話をさせてください」

細谷が言うと、意識してか無意識なのか、山崎はさっきまでつないでいた手を身体の脇で開いたり閉じたりしながら、小さな声でぼそぼそ言った。

「……立ち話にふさわしい内容じゃないと思うので、どうぞ」

山崎は諦めたような顔で、細谷をエントランスへと促した。

8

拓海《たくみ》は混乱していた。

この二日間、頭の中は憤りと傷心でいっぱいで、夜もろくに眠れなかった。

飲み会での思いがけない暴露で拓海が負った痛手は、かつての失恋の比ではなかった。

以前の恋は、相手が妻帯者だと知った途端に一気に醒めた。騙されていたことにショックを受けたり、自己嫌悪に陥ったりはしたが、未練を引きずるようなことはなかった。

だが、今回はまるで違っていた。からかわれていただけだと知ったあとも、細谷《ほそや》のやさしい声や明るい笑顔を思い出すたび、切なくて涙が出た。

さっき会社の前で細谷に声をかけられたときには、心臓が口から飛び出すかと思った。

携帯での連絡を絶ち切ったところで、細谷ならなんらかの手段で連絡をとってくるのではないかと、心のどこかでは思っていたが、いざ生身の細谷に声をかけられたら、色んな感情がせめぎ合って、どうしたいのか自分でもわけがわからなかった。

だが、保身のための言い訳をする細谷など見たくなかったし、同情もまっぴらだった。

つきあいはじめてからというもの、細谷の前では世慣れぬ乙女のようになってしまっていた拓海だが、元来は皮肉屋でプライドの高いところもあり、こんなにも自分を惨めにした細谷に、恋情の反動の恨みがましい気持ちも感じていた。

だが細谷が強引にタクシーに乗り込んできて、有無を言わさず手を握られたとたん、一気に恋しさが募り、怒りや恨みは霧散してしまっていた。

細谷は、フェードアウトこれ幸いとは思わず、わざわざ会いに来てくれたのだ。惚れた弱みで、細谷の最後の言い訳くらいはちゃんと聞かなければと思った。

部屋の鍵《かぎ》を開け、細谷を中へと促してから、しまった、と焦る。

室内は惨憺《さんたん》たる有様だった。この数日は掃除や洗濯《せんたく》をする気力もなかったし、唯一、本の処分にいそしんでいたせいで、広くもないリビングは脱ぎ散らかした服や段ボール箱で雑然としていた。

「すみません、急いで片付けるので、ちょっと待っていてください」

ソファの上のパーカやスウェットを拾い集めていると、細谷はまだ封をしていなかった段ボール箱の前に屈《かが》みこんだ。

「……これは？」

「いらない本を処分しようと思って」

細谷の視線が、ドアを開けたままの寝室の方へと向けられる。本棚はほぼ空《から》っぽの状態だった。

「どうして？　大切なお気に入りの本でしょう？」

今日、細谷を部屋にあげることがわかっていたら、もっとちゃんとしておいたのにと思いながら、拓海は段ボールの蓋を閉じた。

「もういいんです。全然面白いと思えなくなったので」

細谷が表情を曇らせる。

「それは、俺のせいですか？」

そうです。あるいは、なにをうぬぼれているんですか？　くらいのことを言えたら、すっきりしただろうか。

だが、拓海は何も言えないままうつむいた。

細谷の言うとおりだ。ショッキングな事実を知ったあと、愛読書の数々を手にとって現実逃避を試みたが、ことごとく失敗に終わった。

現実のときめきを知ってしまったあとでは、そしてそれが失われた今となっては、架空のロマンスはどれも陳腐《ちんぷ》で、味気ないものに思えた。

宝物だった本たちは、今やがらくたと成り果てていた。

そのうえ、本棚に並んだ本を見ていると、細谷が初めてここに来たときのことが思い出されて、胸が苦しくなった。誰にも言えないと思っていた密《ひそ》かな趣味を、細谷が肯定的に受け入れてくれたときの、自分が丸ごと受け入れられたような幸福感。

今はすべてが虚《むな》しく、だから全部処分してしまおうと思った。

細谷は段ボール箱の前に正座すると、拓海の方を向き直った。

「話を聞いてください」

「ズボンが皺《しわ》になりますよ」

「そんなことはどうでもいいんです」

少なくともスラックスの皺よりは尊重《そんちょう》されているんだなと、ちょっと嬉しく思っている自分が情けない。

拓海は細谷から少し離れた部屋の隅に体育座りした。

「俺は元々ゲイじゃないし、恋活パーティーへの参加が単なる従弟のつきあいだったのも、本当のことです。参加前に、それを軽い調子で同僚に喋ったのも事実です」

細谷の告白に、せっかくぬくもった拓海の指先はまた冷たくなっていく。

「最終投票で山崎さんを選んだのは、俺にまったく関心を示さなかったあなたなら、カップルになる可能性が皆無だと思ったからです」

いっそすがすがしいほど正直な細谷の言葉に、ショックを通り越して笑いがこみあげてくる。

いや、これは笑いじゃなくて、泣きそうなのかな。

自分の感情を把握《はあく》しかねている拓海に、細谷は「でも」と続けた。

「本気でカップル成立を避けたいなら、規則を破って白紙で出せばよかったんです。それで次回から参加禁止になったところで、ゲイじゃない俺には痛くもかゆくもないですし」

確かにその通りだ。

「それでもあえて山崎さんの名前を書いたのは、あらがいがたい魅力を感じたからです」

細谷の言葉にときめきそうな自分が悔《くや》しくて、拓海はわざと皮肉っぽい口調で言い返した。

「パーティーの間、ほぼ会話もなかったのに、いったい俺のどこに魅力なんか感じたんですか」

「それは山崎《やまざき》さんも同じでしょう。ほとんど目も合わせてくれなかったのに、俺の名前を書いてくれましたよね？」

そう言われると返す言葉がなくて、拓海は気まずく黙り込んだ。

「正直、カップル成立したときは、戸惑いました」

「それはそうでしょうね。ネタのつもりで行ったパーティーで、思いがけないもらい事故だ」

どこまでもシニカルに応じる拓海に、細谷は小さく微笑んだ。

「でも、パーティーのあと、カフェで山崎さんと話しているうちに、その戸惑いが吹っ飛んでいったんです。パーティーでのあなたの冷ややかな態度が緊張からくるもので、実はすごくかわいらしい人だとわかって、俺は一瞬で性指向の壁をまたぎ越えてしまった」

じっと見つめて呟かれる言葉に激しく心臓が踊りだし、あまりにも単純な自分を戒《いまし》めるように、拓海はそっけない声で応じた。

「そんなに簡単に越えられる壁じゃないと思います」

「でも、俺には容易《たやす》かったんです。従弟がゲイだったので、抵抗が少なかったこともあると思う。それからは、知っての通りあなたに夢中でした」

あなたに夢中。魅力的な言葉に胸がきゅっとなる。確かに、この二ヵ月というもの、細谷は拓海を天にも昇るほどの幸せオーラで包んでくれた。

だが、信じ切っていた細谷が実はストレートで、不誠実な理由でパーティーに参加していたと知ったショックは、その幸せを凌駕《りょうが》するもので、そう簡単に心を開くことなどできなかった。

「乙女なゲイとつきあって、いいネタは拾えましたか？」

あくまで自虐的な拓海の言葉に、細谷は傷ついたように眉根を寄せた。

「山崎さんをそんなふうに疑り深くした責任はすべて俺にあるけど、俺は誓って、ネタのつもりでつきあったりしてませんよ」

「……どうしてちゃんと言ってくれなかったんですか。あなたが本当はストレートだって」

「何度も言おうと思いました。洗いざらい話してしまった方が、俺だって楽になれるし。でも、ふと、それは違うと思ったんです。自分が楽になるためにそれを言うのは」

細谷は考え込むように段ボール箱を見つめた。

「昔の恋人に騙されていた話を聞いて、俺は絶対にあなたを傷つけたくないと思った。自分が楽になるためにあなたを不愉快にするような話をするより、自分の胸にしまって、墓場まで持って行こうって思ったんです。……こんなことになるくらいなら、きちんと話しておくべきだったと、今は後悔していますが」

細谷の真摯な態度にもその言葉にも信憑性《しんぴょうせい》が感じられた。細谷は拓海をとても気遣い大切にしてくれたし、細谷が何か打ち明けかけては思い直す場面にも心当たりがあった。

一度死にかけた恋心はまた息を吹き返し、細谷の言葉と心を信じ始めている。

だが、全面的に鵜呑《うの》みにするのは怖かった。この一連の流れすらネタではないかという疑心暗鬼が拓海をとらえて離さない。

飲み会でのショックは、それほどに大きかった。

「もしも……細谷さんの誠意が本物だとしても、きっとすぐに後悔することになると思います。男とつきあうって、そんな簡単なことじゃないですから。じきに周囲の圧力に耐えられなくなりますよ」

「俺はそういうのは気にしないたちなので」

「気にしないって言ったって、実際のところ、例えばこの間の同僚の人にでもばれたりしたら、とたんにいたたまれない思いをすることになりますよ」

「北村《きたむら》にはもう話しました」

さらりと返ってきた言葉に、拓海は一瞬意味がわからず「は？」と問い返した。

「話したって、なにを？」

「山崎さんと交際していることを。だから山崎さんが不愉快になるようなことは今後絶対言わないで欲しいと」

「な……なんで？」

頭からすっと血の気が引いていき、拓海は座ったまま腰を抜かした。

「なんでそんなことを……」

「すみません。山崎さんに許可なく喋ったことは反省しています」

「そうじゃなくて……」

「北村はサービス精神が旺盛すぎるところはあるけど、悪いやつじゃないんです。山崎さんを傷つけたことを、盛《さか》んに反省してました」

「だから、そうじゃなくて、そんなことを人に話したりしたら、細谷さんまで色眼鏡《いろめがね》で見られるじゃないですか！」

「色眼鏡ってなんですか？　俺の同僚は信頼のおけるいいやつだし、それに俺はあなたとつきあっていることを誰にでも堂々と言えますよ」

拓海は言葉に詰まって唇をわななかせた。

ダメだ。二度と傷つきたくないと思うのに、細谷の前で全面降伏してしまいそうな自分がいる。

いっそ今この瞬間、巨大隕石《いんせき》が落下してきて地球が滅亡してくれたらいいのに、などと物騒かつ不謹慎な願望が脳裏を過る。そうしたら、なんの恐れもなく、自分がどれほど細谷が好きかを伝えられるのに。

でも多分隕石は落ちてこないし、拓海の人生はこの先も続いて、また傷ついたりショックを受けたりするんだろうなと思う。

細谷が好きすぎて、自分に自信がなさすぎて、拓海はその胸に飛び込む勇気を持てない。わななく唇は、この期《ご》に及《およ》んで悪あがきの台詞《セリフ》を発する。

「く……口ではなんとでも言えるけど、細谷さんに男が抱けるんですか！」

「え？」

メガネの奥の細谷の目が丸くなる。

「ロマンス小説みたいに素敵なことを言ってくれるけど、細谷さんは俺に指一本触れてきませんよね」

「それは……」

「いや、指一本は単なる比喩《ひゆ》で、さっきは手も握ってくれたし、俺が物欲しげにしてたらキスをしてくれたこともあったけど、それ以上のことには興味なさそうだし。容易く壁を越えたって言うけど、俺の身体になんか、やっぱりなんの魅力も感じてないんでしょ？　……って、あれ？　俺、なに言ってるんだろう……」

傷つくことを恐れるあまりの正当防衛なのか、見当はずれの過剰防衛なのか、自分でも何がなんだかわからなくなってくる。

細谷は表情を強張らせ、ゆらりと立ち上がった。

その顔から、地雷を踏んだのだと思った。

どうしてこんな下世話な話を持ち出してしまったのだろう。細谷はせっかくきれいな言葉で、拓海を慰めようとしてくれていたのに。

細谷は拓海のところまで来ると、いきなり拓海の腕を引っ張って立たせた。

二の腕に食い込む指の力の強さに、拓海は怯えて心臓をばくばくいわせながら竦みあがった。

細谷が低い声で言う。

「傷つけた俺が腹を立てるのもお門違いですけど、ちょっとキレてもいいですか?」

「ごっ、ごめんなさい！　俺、バカなことを言いました。ノンケの細谷さんが男の身体になんか興味ないのは、当たり前のことなのに。本当に、本当に、失礼なことを言ってごめんなさい！」

「まったく逆です。俺がどれだけ我慢してたと思ってるんですか！」

「が……まん?」

細谷はいまいましげに拓海を見下ろしてくる。

「身体目当てだった前の恋人のことがトラウマになってるみたいだし、キスしただけでもガチガチに緊張してたから、触りたかったけど、ずっと我慢してたんです」

二の腕を摑む指に、なにかに耐えるように更に力がこめられる。

「もっと俺に気を許してくれてから、段階を踏んで距離を詰めていこうと思って必死で自制してたのに、腰抜け扱いなんてあんまりじゃないですか」

拓海は赤くなったり青くなったりしながら、ぶんぶんとかぶりを振った。

「腰抜けだなんて……。俺なんかに手を出す気にならなくても当たり前だって話で……」

「俺なんか俺なんかって、その過剰な自己評価の低さは、いっそ罪《つみ》ですよ。いい加減、自分の魅力を認めたらどうですか！　まったく腹が立つな」

謝罪《しゃざい》に来たはずの細谷がいつのまにか逆切れしはじめ、拓海もつい追い詰められた小動物さながらに言い返す。

「そんなに怒らなくたっていいじゃないですか」

「あなたがそんなふうにかわいすぎるのがいけないんだ。責任とれよ」

ぐっと腕を引っ張られたと思うと、ドアを開けたままの寝室に引きずり込まれ、ベッドに放り上げられた。

仰向《あおむ》けに倒れ込んだところに、細谷が覆《おお》いかぶさってくる。

驚きで声もでない拓海のかわりに、シングルベッドが二人分の体重に悲鳴をあげた。

気が動転しているうちに唇を塞がれる。

「ん……っ」

以前、細谷の車の中で交わしたかわいらしいキスとは違う、むさぼるような湿度の高いくちづけだった。

日頃の紳士的な細谷からは想像もつかない激しいキスに、耳の奥が激しく拍動し、心臓が暴れまわる。

「ん……っ……」

厚ぼったい舌に、口腔《こうこう》の感じやすい粘膜を舐《なぶ》られ、細谷の体重を受け止めた身体が反《そ》り返《かえ》る。

ようやく唇を解放されたときには、フルマラソンを走り切ったらこうなるだろうというくらい、息があがっていた。

だが、その呼吸を整える間もなく、細谷は拓海のネクタイに指をかけてきた。

耳元で衣擦《きぬず》れが淫靡《いんび》に響き、引き抜かれたネクタイは、無造作に床に放り投げられた。

「腰抜けじゃないってこと、思い知らせてあげますよ」

真上から拓海を見下ろしながら、細谷がメガネを外す。

拓海はふるふるとかぶりを振った。

「もう思い知りました。細谷さんは、腰抜けなんかじゃありません」

声の震えを怯えととったのか、細谷はふっと表情を緩め、乱れた拓海の髪を手櫛でやさしく梳《す》いた。

「ちょっと頭に血が上《のぼ》りすぎました。思い知らせるなんて、物騒な言い方をしてすみません」

額にキスを落とすと、細谷はひとつ甘いため息をついた。

「俺がどれくらいあなたに触りたいと思っていたか、その思いの丈《たけ》を知って欲しいっていうことです」

拓海がまたネガティブなことを言いだす前に、細谷の唇が今度はやさしく言葉を封じ込めた。

くちづけに気を取られている間に、細谷の手は拓海のシャツをはだけ、直《じか》に素肌に触れてくる。

怯えか期待か、鳥肌のようにぷつっと勃《た》ちあがった胸の突起に触れると、細谷のざらざらした指先が執拗《しつよう》にそこを弄《いじ》ってくる。

拓海はその刺激にはっきりと官能を呼び覚まされながらも、首を横にふってみせた。

「俺は女じゃないから……」

細谷がそんなところを触るのは、元々ノンケだからだと思った。

「触りたい場所を触るのに、男も女もないでしょう?」

そう言いながら、細谷は尚《なお》もそこを指先で弄ってくる。キスとの相乗効果で、未知の快感はどんどん膨《ふく》れ上《あ》がり、身体にこもる熱をどう逃せばいいのかわからなくて、拓海は細谷にしがみついた。

「や、あ……ん……」

「声、かわいい」

「いやだ……」

「なにがいやなの？」

「……男の喘《あえ》ぎ声《ごえ》なんて、ドン引きするだけでしょう」

細谷は眉間《みけん》に皺を寄せ、非難するように拓海を見た。

「まだそんなことを言ってるんですか」

細谷は拓海の胸元をまさぐりながら、唇を下へとずらしていった。

申し訳程度の胸の突起を湿った舌で押しつぶされて、拓海はかかとをシーツにこすりつけた。

女性の豊かな胸ばかりを見てきたのであろう細谷に、面白くもない自分の上半身をさらすのはひどく決まりが悪かったが、そんなことを気にするふうでもない細谷の熱心な愛撫《あいぶ》に、たまらなく感じてしまう。

しばらく胸元をなぶったあと、細谷の唇は徐々に腹の方へと下りていった。唇が触れたあとの濡れた肌がすうすうする感覚に官能を昂《たか》ぶらせながら、拓海は細谷の唇の行く先が気がかりだった。

まさか、と確信を得たときには、すでにズボンのファスナーに細谷の指がかかっていた。

「細谷さん、待って……や……っ」

半勃ちになっているものに下着の上から舌を這《は》わされ、拓海は咄嗟《とっさ》に膝を立てて上に逃れようとした。

だがすぐに細谷の手で引き戻され、膝頭《ひざがしら》を開かれる。

「やっ……」

口を使って下着を引きずり下ろされ、局部を隠そうとした手を乱雑に払いのけられた。

「ああ……っ」

細谷の舌で直接舐《な》めあげられた衝撃と快感は、失神してしまいそうなほどだった。

「あ、あ……」

これまで男の身体になど一切興味がなかったであろう細谷の目に、自分のその部分がどんなふうに映っているのかと考えると、怖くて、恥ずかしくて、いたたまれなかった。でも指で形をなぞられ、舌で弄られると、頭がおかしくなりそうに気持ちいい。

元カレに口淫《こういん》を求められたことはあっても、してもらったことは一度もなかったので、その未知の快楽は怖いくらいに刺激的だった。

無意識に細谷の動きを遮ろうとしてしまう手は、その都度、細谷に易々《やすやす》とどかされてしまう。

抵抗を諦め、拓海は両手で口元を覆った。そうしないと、聞き苦しい喘ぎ声がとめどもなくこぼれ出てしまうのだ。

しかし下から伸びてきた細谷の手が、拓海の両手を口元から引きはがす。

「あなたの声に俺がドン引きするかどうか、ちゃんと自分で確かめてください」

「あ、やっ……やだ、細谷さん、ねえ、離してください、あ、あ……っ」

両手を拘束されたまま、興奮を細谷の口腔の粘膜で締め上げられ、拓海は息も絶え絶えに甘え声をこぼし続けた。

情事から遠のいて久しい拓海の身体は刺激に敏感で、そう長くはもたなかった。

される拓海も初めてだが、細谷だって男にこんなことをするのは当然初めてだろう。その初めての男の口の中に出したりしてはいけないと、必死で我慢し、抵抗したが、細谷の熱心な舌遣いにとうとうこらえきれずに、拓海は細谷の口の中に射精してしまった。

「あ……ごめんなさい、早く、吐き出して」

狼狽《ろうばい》して懇願《こんがん》する拓海の目の前で、細谷は口の中のものをごくりと飲み下した。

かつて拓海も飲まされたことがあるけれど、お世辞にもおいしいとは言い難《がた》いもので、それを思い出すと泣きそうになってしまう。

「いやだ、飲まないで、き、嫌いにならないで……」

細谷はなまめかしく舌で唇を舐めながら、困ったように笑う。

「どうしてそんなに頓珍漢《とんちんかん》なんですか」

手を摑まれ、細谷のボトムスの前立てに導かれた。そこは触るまでもなく、見ただけで形を変えているのがわかる。

「山崎さんのせいで、こんな状態になってるんですよ。責任とってくださいね」

官能の膜がかかったような目元で色っぽく微笑まれて、拓海の心臓はまた壊れそうにどくどく言いだす。

「今度は俺が……」

勇気を出して細谷のベルトに怖々手を伸ばそうとすると、その手をそっと制された。

「非常に魅力的な誘いだけど、それはまたの機会に」

「またの機会……？」

今日はこれで終わりということか？

安堵《あんど》と、中途半端にかきたてられた官能の間で宙ぶらりんになっていると、細谷の手が拓海のスラックスにかかった。

「今日のところは、俺の本気を山崎さんに知ってもらわないと」

「え？　あ、うわっ」

中途半端にずり下がっていたスラックスを下着ごと脱がされて、拓海はベッドの上で逃げを打った。

「な、なにを……」

「最後までさせてください」

「さ、最後って、わ、ちょ……」

「俺の本気を、身をもって実感してほしいんです」

細谷は拓海をうつ伏せにすると、尻《しり》の狭間《はざま》を指でそっとなぞってきた。

しまう。

「や……」

驚きと恥ずかしさに逃れようとしても、さっきと同じように細谷の手で何度も引き戻されて

「ほっ、細谷さんの本気は、充分実感しましたからっ」

「俺が本気で山崎さんを好きだってこと、信じてもらえましたか？」

「しっ、信じます！」

即答したのは、これ以上なにかされたら羞恥死にしてしまうという切迫感からだった。

解放されるかと思いきや、細谷の熱い吐息がふわっと腰にかかった。

「よかった」

「……細谷さん？」

「じゃあ、俺にも実感させてください。山崎さんが俺のものだって」

「え……っ、なに……？　……っ」

ぬらりとなまあたたかいものが狭間をなぞり、舐められたのだという衝撃に、全身からどっと汗が出てきた。濡らされ、そして指先で身体を割られる。

「ひゃ……っ」

自分から「指一本触れてこない」などと言っておいて矛盾《むじゅん》しているが、拓海は細谷にこんなことを求めるつもりは一切なかった。

年齢の割に幼い妄想で、ハグや様々なスキンシップを思い描き、細谷に触れてもらうことを夢見たことは何度もあるが、生々しいセックスを妄想したことは一度もなかった。

以前、細谷にも話したように、拓海はセックスよりもキスや精神的な充足感を重んじるタイプだった。

潔癖《けっぺき》ぶるわけではなく、あえて理由をあげるなら、元カレとのセックスにあまりいい思い出がないせいかもしれない。身体を繋げる行為は、快感よりも苦痛の方がずっと勝っていた。

それでも当時、拓海は相手に愛されていると思っていたから、その精神的充足感で自分をごまかしていた。

気持ちが醒めたあとで思い返してみれば、あれは本当に苦痛でしかなかったと思う。

「やっ、ん……」

隙間をこじ開けられる違和感と恐怖に身体を硬直させていると、細谷が訊ねてきた。

「狭いな。山崎さん、ここでしたことあるんですよね?」

「……っ、あるけど、細谷さんは、細谷さんこそ、女の人とそんなこと、してたんですか?」

細谷のためらいのなさに動揺しながら問い返すと、細谷はふっと笑った。

「まさか。そんなアブノーマルな趣味はないですよ」

「……って、今そのアブノーマルなことをしてるじゃないですか」

細谷は動きを止めた。

「言われてみればそうですね。今はこれがすごく自然でノーマルな気がしてるんですけど」

「……抵抗、ないんですか」

「ぜんぜん。なんだろう、こういうのって経験より本能じゃないですか？　俺は今、たまらなく山崎さんを抱きたいです」

色っぽくかすれた細谷の囁きに、胸の奥がきゅうっと疼《うず》いた。

ゲイである拓海を満足させようという慈善心ではなくて、細谷が心からしたいと思ってくれていることに、拓海の心は感じ入った。

痛くても、苦しくても、細谷が求めてくれるならそれだけで幸せだった。

結局、元カレのときと同じことを思っている自分は、学ばない人間なのかもしれない。

「……っ」

じわじわと穿《うが》たれる指の圧迫感に息を詰めながら、今日はまだ月曜日だったっけと、頭のどこかで冷静に思う。週のはじめからこんな無茶をしたら、あとがしんどいかも。

だが、そんなことを考えていられたのは最初だけだった。

湿った音とともに舌と指でほぐされる恥ずかしさに、半《なか》ば意識を飛ばしてシーツにしがみついていると、細谷の長い指が内壁のどこかに触れた。

「っ、そこ、やだ……！」

まるで神経に直に触られたように身体が跳ねた。一瞬、どこかを傷つけられたのかと思ったが、痛みではなかった。強烈すぎる快感が脳内でうまく変換できずに、痛みと誤認されたようだった。

「ここですか？」

確認するように指先でそろりとなぞられて、拓海の腰は自分の意思と無関係にビクビク跳ねる。

「やっ、やめて……」

「ここ、いいところでしょう？　山崎さんとつきあいはじめてから、こっそりネットで勉強しました」

「……や、ホントに、やっ」

頭をうち振って拓海が半泣きでもがくと、細谷は手を止めた。

「どうしたの？　ここ、されたことあるでしょう？　もしかして痛かった？」

気遣わしげに確認してくれたが、痛がっているわけではないことは、腹に付くほど反り返った拓海のものが証明している。

「……知らない、こんなの、都市伝説だと思ってたのに……」

「都市伝説って……。ここで感じたことないんですか？」

「ひゃっ、あ……」

ここ、と小さく指を揺すられて、拓海は身悶《みもだ》えた。

奥に感じる場所があるというのは、もちろん知識としては知っていたが、体感したことはなかったから、単なるイメージというかドリームなのだと思っていた。実際拓海は、挿入《そうにゅう》で達したことは一度もなかった。

指のかすかな動きにもビクビクと反応してしまう拓海に、細谷が嬉しそうに言う。

「嬉しいな。山崎さんの初めてをひとつもらえて」

「あ……ん……」

メンタルが官能に及ぼす影響は、都市伝説ではなく実感として経験がある。細谷の言葉で拓海の感度は一気にあがり、淫靡な愛撫にすすり泣きながら、シーツに甘い吐息をこぼした。

「なんだか柔らかくなってきましたね」

細谷が慎重に指の数を増やしてくる。そのたびに圧迫感は増すが、痛みはなかった。唾液《だえき》でたっぷり潤された場所を行き来する細谷の指の感触があまりにも気持ち良すぎて、拓海はシーツを掻きむしった。

「あ……ふぁ……もうダメ……」

腰を振って「助けて」と懇願すると、細谷がごくりと唾《つば》を飲む音が聞こえた。

「……俺も、もうダメです」

低い呟きと共に、ベルトの金属が鳴り、ファスナーが下ろされる音がやけに生々しく響く。ずるっと指を引き抜かれ、その刺激をこらえる間もなく、背後からあてがわれたなめらかな先端が、めり込んできた。

「んっ、あ……っ」

いっぱいいっぱいに身体を広げられる恐怖に支配されたのは一瞬で、すぐにそれは目もくらむ快感にとって代わった。指よりもずっとしっくりと馴染む器官が、拓海の中を隅々までぴっちりと満たし、動くたびにじわじわと痺《しび》れるような快感が背筋を駆け抜ける。

「あ、あ、ん……」

「大丈夫？　痛くないですか？」

官能にかすれた声で、細谷はこんな瞬間にも拓海のことを気遣ってくれる。

「……平気、あの、細谷さんが気持ちいいように、動いて大丈夫だから……」

「山崎さんが痛かったり苦しかったりすると、俺も気持ちよくなれないから、ちゃんと教えて？」

元カレのときと同じ、などと思ってしまったことを、拓海は朦朧《もうろう》とした意識のなかで反省した。

自分の快楽よりも、拓海に気を遣ってくれる細谷のやさしさ。

セックスが、こんなに気持ちいいものだなんて知らなかった。

ひとつ贅沢《ぜいたく》を言うなら、未開発の拓海にとって、この快楽はあまりにもレベルが高すぎた。

「あ、あ、やだ……死んじゃう……」

自分の顔を濡らすのが、もはや涙なのか鼻水なのか涎《よだれ》なのかも判別しがたく、挿入された場所からも水気を帯びたいやらしい音がして、正直、三十年の人生でここまでの醜態《しゅうたい》を誰かの前でさらしたのは初めてだった。

しかもその相手が、三十年の人生でいちばん好きになった相手という、いたたまれない事態。

さっき指で弄られた感じやすい場所を、もっといやらしくぬめったもので繰り返し刺激されて、拓海はあられもない泣き声をあげながら、腰をくねらせた。

「ダメ、あ……」

「……っ、山崎さん、すごくエロいな」

詰めた息で呟かれ、拓海はシーツに顔をすりつけた。

「……ごめんなさい」

「だから、どうしてそう頓珍漢なの？　称賛してるのに」

「称賛って……だって俺、ぐしゃぐしゃで」

「うん。ここも、ぐしゃぐしゃのドロドロで、すごいエロくてかわいい」

「や……」

接合した縁《ふち》を指先でまるく辿《たど》られて、腿《もも》の内側がひくひくと痙攣《けいれん》する。

「ん……っ、あ、あ、ダメ、いっちゃう」

「俺ももうヤバい。一緒にいこう？」

より一層感じやすいところを摩擦《まさつ》され、一緒にと言われたのに、拓海はあっけなくフライングしてしまう。

「ああ……っ、ん、ん……っ」

シーツにポタポタと興奮を滴《したた》らせながら、自分の意思とは無関係に細谷を受け入れた内側がぴくぴくと痙攣するのがわかった。

その収縮のせいなのか、それとも細谷がさらにかさを増したせいなのか、圧迫感がさらに大きくなったと思ったら、細谷がぐっと息を詰め、奥に熱いものを放たれたのがわかった。

「や……また……」

その刺激で、拓海はいきながら更にいくという、未知の経験をして、がくがくと身体を震わせ、一瞬ふわっと気が遠くなった。

細谷に身じまいをされながら、拓海はうっすらと目を開いた。

本当は気が遠くなったのは一瞬のことで、ずっと意識はあったが、なんだかもういたたまれなすぎて、放心状態を装っていた。

「大丈夫?」

おそらくそれに気付いているであろう細谷が、やさしく笑いながら顔をのぞき込んできた。

メガネをかけた、いつも通りの細谷の顔。でも乱れた前髪が、最前の激しい行為を思い出させる。

拓海は両手で顔を覆った。

「死にたい……」

「え、どうして？　幸せの絶頂で物騒なこと言わないでください」

「だって……俺、めちゃくちゃ無様なところを細谷さんに見られて……」

「かわいいところの間違いでしょう？」

細谷は拓海の隣に滑り込むと、上掛けを引き上げて拓海を腕の中に包みこんだ。

顔を見られるのが恥ずかしいので、その肩口に潜《もぐ》り込《こ》むように額を押しつけながら、今この瞬間のこの空気を、きっと幸せと呼ぶのだと思った。この空気を瓶詰めにして、永久保存しておきたい。

「すみません、俺、山崎さんにお詫びして、許しを請いにきたのに、結果的にはなんかこう、なし崩しみたいな感じになっちゃって……」

拓海はふるふるとかぶりを振った。議論を尽くし合うよりも、抱き合う方がより深くわかり合える場合もあると、今は強く感じていた。

細谷は拓海の髪を撫でながら、やさしい声で言った。

「北村が、山崎さんに直接謝りたいって言ってたから、今度会ってやってください。それから従弟の慎吾も紹介させてください。結果的には、慎吾のおかげで山崎さんに会えたようなものだから」

頑《かたく》なな生き方をしてきた拓海にとって、自分の性指向を知っている相手と会うのは正直気まずく及び腰になることだった。

だが一方で、細谷が拓海との関係を同僚や身内に紹介するのにためらいがないことに、胸をうたれていた。

「俺は身寄りもなくて、細谷さんに紹介するような相手もいないんですけど」

言いながら、紹介する相手がいないのは、身寄りがないせいだけではないと思い、ためらいながらぼそぼそ続けた。

「あの……この間うちの大田《おおた》が言ってた通り、俺、職場では超いけ好かないキャラで通ってるんです。ゲイばれするのが怖かったし、人の幸せが妬《ねた》ましくて、ぼっち至上主義を気取って、わざとひねくれたことを言ってみたり……」

「見てみたいな、クールキャラの山崎さん」

「絶対見られたくないです」

強めに言うと、細谷は笑った。

「外では取り澄ましている山崎さんが、俺の前でだけデレてくれるなんて、激しく興奮するじゃないですか」

飄々《ひょうひょう》と言って、細谷は拓海のつむじにキスをしてくれた。

「今度の週末にでも、段ボール箱の本を一緒に本棚に戻しましょう」

細谷の提案に拓海はごそごそと布団の中から顔をあげた。

「あれはもう、捨てようと思って」

「どうして？　すごく面白かったし、また貸して欲しいって思ってたんですよ」

細谷にそう言ってもらえると、現金なことに一度はがらくたと化した本の山が、また宝物に思えてきた。

空っぽの本棚を見つめながら、拓海は小さく笑った。

「ずっとロマンス小説みたいな運命の出会いに憧れていたんですけど、まさかお見合いパーティーなんていう現実的な出会いで恋におちるなんて、想像もしてませんでした」

「いや、充分運命の出会いだったと思うな」

「そうですか？」

「俺は、人の出会いはすべて運命的だなって思いますよ。たとえば社内結婚っていうと、手近で手っ取り早くすませたみたいなイメージがあるけど、そもそも同じ会社に就職したこと自体が、運命じゃないですか」

「言われてみれば確かに」

「山崎さんと俺も、ロマンス小説を凌《しの》ぐ運命的な出会いをしたんですよ。そしてこれからさらに小説より楽しくて夢みたいなことが、たくさん待ってますよ」

細谷の甘い言葉に拓海はうっとりとなった。

そんな拓海に笑いかけながら、細谷はちょっと心配そうな顔をする。

「ただ、ロマンス小説にはない現実的な問題として、明日……いやもう今日ですね、山崎さんの体調が、ちょっと心配です」

初めてにしてはかなり濃厚だった情事を思い出させる細谷の言葉に、拓海は顔を赤くした。

確かに腰の違和感は半端なかったし、今日の仕事は少々しんどそうだ。

でも、架空のロマンス小説を読んでいるだけでは決して味わえないそんな生々しい体感も、拓海にとっては喜びだった。

「大丈夫です。今日も頑張って、いけ好かない俺を演じてきます」

細谷はふっと微笑んだ。

「もういけ好かないキャラは卒業してもいいんじゃないですか？　あ、でもそれで山崎さんの好感度があがりすぎると心配だから、やっぱり今のままでいいです」

こうなってみてもなんだかできすぎた夢みたいだなと思いながら、拓海は細谷の腕の中で目を閉じた。

興奮してとても眠れないと思ったけれど、恋人の腕の中はあまりにも心地よくて、やがて拓海は幸せな眠りに引き込まれていったのだった。

やはり運命の恋でした

1

「拓海《たくみ》くん、このネギを小口切りにしてもらえるかな」

「任せてください」

拓海は細谷《ほそや》からネギを受け取ると、慎重《しんちょう》に薄切りにしていく。鮮やかな手つきとは言い難《がた》いが、この三ヵ月で危なっかしさは脱したと思う。

「うん、上手《じょうず》」

傍《かたわ》らで鍋《なべ》にみそをとく細谷にも褒《ほ》められ、拓海は職場では決して見せないはにかみ笑いを浮かべた。

細谷と正式に付き合い始めてから三ヵ月。こんなふとした折々に、「幸せだなぁ」としみじみ感じる。

細谷とは、時間が許す限り頻繁《ひんぱん》に会っている。仕事帰りに待ち合わせをして飲みに行くこともあれば、休日に細谷の車でドライブに行ったりもする。

いちばん多いのは、週末にこうしてどちらかの部屋でのんびりする時間だった。今日の日中は買い物と映画に行き、そのあとこうして拓海の部屋で一緒に夕飯を作っている。

これまでほぼ料理をしたことがなかった拓海だが、細谷とつきあい始めてから、家で料理を作る楽しみを知った。外デートもいいが、男同士ということもあり、外ではそうそう親密にはできない。その点、家デートなら人目を気にすることもないし、狭《せま》いキッチンでこうして肩が触れ合う距離で一緒に料理を作るのも、戯《たわむ》れの一環のようで心が躍《おど》る。

「はい、味見」

細谷が小皿にすくった豚汁《とんじる》に息を吹きかけて冷まし、両手がふさがっている拓海の口元に寄せてきた。

ひとくち飲んで、滋味《じみ》あふれるおいしさに思わず笑顔になる。

「ん、すごくおいしい。ごぼうの風味がめちゃくちゃいいですね」

「それはよかった。俺も味見していい？」

そう言うと、細谷はすうっと顔を近づけてきて、拓海の唇を奪う。

「んー！」

包丁の柄《え》を握ったまま拓海が動揺して声をあげると、細谷は拓海の唇をぺろりと舐《な》めて、

「ホントだ、おいしい」

いたずらっぽい表情で微笑《ほほえ》む。

頬がほてるのを感じながら、拓海は照れ隠しに膨《ふく》れてみせる。

「細谷さん、ずるい」

「え、なんで？」

「そういうの、手馴れすぎ」

細谷は心外だという顔になる。

「こんなこと、拓海くん以外にしたことないよ」

「本当かな」

「本当だって。拓海くんがかわいいから、つい普段はしないようなことをしたくなるんだ」

さらっと言われて、ますます頬が熱くなる。

「……ホントずるい。三十過ぎの男がかわいいはずないのに、すぐそういうこと真顔で言うし」

「かわいいものはかわいいんだから、仕方ないだろ」

細谷はこともなげに言うと、鍋の火を消し、拓海の手から包丁を取ってまな板の上に置いた。

「もっとかわいいところを見たくなっちゃった」

じっと見つめてそんなことを言われたら、頬はもう発火寸前だった。

「先に夕飯を……」

「俺は先に拓海くんが食べたいな」

細谷の台詞《セリフ》に、手のひらや足の裏にうずうずとしびれが走る。

本当の恋を知る以前、ロマンス小説の盛り上がりのシーンを読んでいるときに、よくこのうずうず感を覚えたけれど、生身の相手に感じるのは細谷が初めてで、いつも動悸《どうき》が激しくなってどうしていいのかわからなくなる。

細谷は拓海の肩を抱くと、寝室へと誘った。

以前は寝室の壁際に本棚を置いていたが、二人の関係に誤解が生じて本を処分しかけたあとに、リビングに移した。寝室だと、本棚を固定しても本自体が落ちてきたら危ないからと、細谷が手伝いを買って出てくれたのだ。

模様替えのついでに、高校時代から使っていたシングルのパイプベッドを、頑丈《がんじょう》なセミダブルに買い替えた。……こんな用途にも備えて。

三ヵ月たっても、抱きすくめられてベッドに押し倒される瞬間のめくるめく昂揚《こうよう》はまったく薄らぐことはない。

「すごくドキドキしてる」

案の定《じょう》、胸元に手をのばしてきた細谷に気付かれてしまう。

「俺、怖い？」

真面目《まじめ》な顔で訊《き》かれて、拓海は慌てて首を横に振る。

「まさか！」

「じゃあ、緊張してる？」

「緊張……」

息がかかるほど間近に細谷に見つめられ、拓海は目を泳がせながら考える。少なくともリラックスはしていない。だが緊張というのとも違う。興奮？　昂揚？

自分の今の状態を表す言葉を脳内をひっくり返して探し回る。

「こういうのって、なんていうんだろう。ええと……ときめき？」

口にしてしまってから、そのいささか少女趣味な単語にうろたえ、ますます顔が熱くなる。

「すみません、俺、変なこと言ったかも」

細谷の顔に、嬉しげな笑みが広がる。

「本当にかわいいな、拓海くんは」

「やめてください」

「俺にときめいてくれてるの？」

「……あたりまえです」

「うわぁ、どうしよう。かわいすぎて抑えがきかなくなりそう」

ぼそっとつぶやくと、細谷はメガネを外して拓海の唇を奪いにきた。さきほどの味見のキスとは違う、セックスとひとつながりになった濃厚なキス。

「……っ、ん……」

舌を絡めながら、シャツの中に細谷が手のひらを忍び込ませてくる。胸元を撫《な》でられると、心臓のドキドキとはまた違う興奮が背筋を震わせる。男でも乳首《ちくび》に性感帯があることは、細谷に教え込まれた。指先でやさしくいじられると、そこはすぐに硬く芯《しん》を持ち、連動して下腹部に熱が集まっていく。

舌や指でじれったいほど時間をかけてそこを愛撫《あいぶ》したあと、細谷は拓海のイージーパンツを下着ごとずりさげて、もうすっかり硬くなっているものに指を絡めてきた。

「あ……」

そこを指先で弄《もてあそ》びながら、細谷は唇を胸元からへそへと移動させていく。

その意図を察して、拓海は半身を起こした。

「待って。俺にさせて」

「うん、あとでね」

あとでと言いながら、いつも拓海を口でいかせたあとは身体を繋《つな》げる流れで、拓海が細谷に口淫《こういん》をほどこしたことは数えるほどしかない。細谷は紳士だから、遠慮《えんりょ》してくれているのかなと思う。

拓海はずり上がって細谷の身体の下から抜け出し、半身を起こした。

「あとじゃなくて、今したい」

のしかかる体勢になっていた細谷の肩を押し返してベッドに座らせると、強引に細谷の膝の間に割り込んで、チノパンのベルトに手をかける。

細谷は鷹揚《おうよう》な笑みを浮かべて、拓海の強引な提案を受け入れてくれた。

震える指先でもどかしくベルトを外し、ボタンを外して、下着をずらすと、形を変え始めている細谷のものが顔を出す。

まだ何もしていないのに兆《きざ》しているのが嬉しくて、その昂《たか》ぶりに手を添え、ドキドキしながら顔を近づける。唇が触れる直前に拓海は上目遣《うわめづか》いで細谷に言った。

「目、つぶってて」

「わかった」

細谷は後ろ手をついてくつろいだ体勢で、瞼《まぶた》を落とした。

多分、口でしているところを見られるのを拓海が恥ずかしがっていると思っているのだろう。半分は当たっている。夢中でむしゃぶりついているところを細谷に視姦《しかん》されるのは恥ずかしい。だがそれだけではなかった。

元来ゲイではない細谷が、我に返って萎《な》えたらどうしようという不安が、まだ拓海の中にはわずかにわだかまっていた。

好きな男に、思いきり感じて欲しい。口腔《こうこう》という器官に男女差はないから、目を閉じてもらえば、どちらにされているのかわからないだろう。細谷には、自由に妄想《もうそう》してもらって構わない。元カノや好きな芸能人を思い浮かべて浸《ひた》ってもらったっていいと思っている。

卑屈《ひくつ》すぎると言われそうだが、そもそもこのロマンス小説顔負けの幸せが拓海には大きすぎて、完全に酔《よ》いしれたらあとでとんでもないつけが回ってくるのではないかと怯《おび》えずにはいられない。

細谷がノンケだということを忘れてはいけないと、拓海は常《つね》に自分に言い聞かせている。

そういう意味でも、拓海は細谷に口でされると、ひどく感じてしまいながらもどこか怖さがあった。本来女性が好きな男にとって、こういう行為をほどこすのはどんな気分なのだろうか、と。いつか我に返って、気持ち悪いと思われたりしないだろうか、と。

だからされるよりもしたいし、するときは目を閉じて感覚だけを味わって欲しい。

その長身に見合って大きなものが、自分の愛撫に応じてさらに硬さと大きさを増していくのを感じると、歓《よろこ》びと興奮で拓海のものも痛いほど張りつめていく。

細谷の吐息《といき》が気持ち良さそうに変化していくのも、拓海をさらに昂らせる。

口に頬張り切れなくなったものを横から辿《たど》って舐めようとして首の角度を変えると、こちらを見下ろす細谷と目が合った。

身体中がかあっと熱くなる。

「目、つぶっててって言ったのに」

恨《うら》みがましく訴《うった》えると、細谷は官能をたたえた瞳で薄く笑って、拓海を押し倒してきた。

「うわっ」

「もう我慢できない」

拓海の後ろの狭間《はざま》に、唾液《だえき》と先走りで濡れた硬いものをこすりつけてくる。

「あっ……待って……」

拓海は細谷の下で身体をよじり、うつ伏せの体勢になった。

初めてのときから一貫して、拓海はいつもこの体勢で細谷を受け入れている。この方が楽だし、バックの方が感じるからという説明で、細谷は納得してくれている。

だが口淫の件と同じで、理由はそれだけではなかった。

うしろからの方が、ノンケの男には抵抗感が薄いのではないかというのがいちばんの理由だった。拓海のものが視界に入る体勢で挿入《そうにゅう》したら、男としていることを生々《なまなま》しく実感させることになる。

もちろん、どんな体勢であろうと男であることに変わりはないし、細谷の愛情を疑っているわけでもない。だがこの手のことに関してはどうしても臆病《おくびょう》になってしまう。

細谷はベッドサイドの引き出しからローションを取り出し、拓海のうしろに垂《た》らして、拓海が焦《じ》れて「もういいから挿《い》れて」と半泣きでせがむまで、念入りにそこをほぐした。

甘い交合は長く続き、拓海がぐずぐずになってベッドに倒れ伏すのもいつものことだった。

快感の余韻《よいん》と腰のだるさでしばしうずくまっていると、細谷がキッチンからミネラルウォーターを持ってきてくれた。

「大丈夫？」

事後に気遣われる幸福感と、少しばかりのいたたまれなさ。興奮の最中はまだしも、こうして欲望を解き放ったあと、細谷がふと我に返ったりしないだろうかと不安になる。

そんな心配は杞憂《きゆう》だとばかりに、細谷は拓海の髪を撫で、「すごくよかった」と甘い言葉を囁いてくれたりするのだけれど。

リビングから、細谷の携帯の着メロが響いてきた。

「ちょっとごめん」

細谷は拓海にペットボトルを渡して、リビングへと出て言った。電話に応じる声を聞きながら、拓海はそそくさと服を身に着けた。事後の興ざめを防ぐために素早く服を着るのもいつものこと。

短い電話を終えて戻ってきた細谷は、すでに元通りに身支度を整えている拓海を見て「もう着ちゃったの？」と苦笑しながら、拓海の傍らに腰をおろした。

「電話、北村《きたむら》からだった。明日会えないかって」

明日も丸一日細谷と過ごせる予定だったから、内心ちょっとがっかりしたが、疎《うと》ましい束縛《そくばく》男《おとこ》だと思われたくはないので、拓海は爽《さわ》やかに笑んでみせた。

「俺のことは気にしなくていいから、行って来てください」

「いや、拓海くんも一緒にって」

「え？」

「直接謝りたいって、これまでも何度も言われてたんだ」

それは前にも聞いたことがあった。拓海は少し考えて、言った。

「本当にいいの？」

「え？」

「細谷さんはいやじゃない？」

細谷は眉根《まゆね》を寄せた。

「どうして？　俺たちのことは北村もすでに知っているし、この際、ちゃんと紹介できたら嬉しいよ」

屈託《くったく》のない笑顔に、なんていい人なんだろうと拓海は思わず涙ぐみそうになり、なんとか笑みを取り繕《つくろ》った。

「じゃあ、よろしくお願いします」

「こちらこそ。それで提案なんだけど、明日、従弟《いとこ》も一緒に呼んでいいかな？」

「従弟って……例の慎吾《しんご》くんですか？」

恋活パーティーで細谷と一緒にいた闊達《かったつ》な青年の顔を思い出しながら訊《たず》ねると、細谷は苦笑いで頷いた。

「慎吾にも、早く会わせろってせっつかれていて。この際、一度で済ましてしまおうかと」

「細谷さんがよければ、ぜひ」

「それじゃ連絡しておくね」

携帯を手に立ち上がった細谷は、拓海の方に向き直ると腰を屈《かが》め、額にキスを落としてきた。

「落ち着いたら、食事にしよう」

「はい」

まるで大切なものみたいにやさしく扱《あつか》われて、感動で心が震える。本当にロマンス小説の主人公になったような気分だった。

この運命の恋人との関係が一日でも長く続きますようにと心の中で念じる。そのためにできる努力は、今まで以上にしていこうと固く決意する拓海だった。

2

細谷《ほそや》が拓海《たくみ》とともに待ち合わせのカフェに到着すると、テラス席から軽快な声が飛んできた。

「たっちゃん、こっち！」

慎吾《しんご》が立ち上がって手を振っている。向かいの席の北村《きたむら》がかしこまった表情で会釈《えしゃく》をよこす。拓海はいつになく硬い表情で北村に会釈を返した。

緊張しているのかなと思い、それからふと、以前本人や同僚の大田《おおた》から聞いた「普段はクールキャラで通っている」という話を思い出す。恋人としてかわいい姿ばかりを見ている細谷にしてみれば、こんな表情は新鮮だった。テーブルに隠れて見えない高さで、安心させるように拓海の手をぎゅっと握ってから、細谷は拓海を慎吾たちの席へと促《うなが》した。

それぞれ飲み物を注文し、オーダーが届くまでの間、軽く挨拶《あいさつ》を交わした。テラス席にたち込める金木犀《きんもくせい》の香りのことや、今年も四分の三が終わったなんて信じられない、などといった差しさわりのない話題が飛び交ったが、すべてのオーダーが揃《そろ》い、フロアスタッフが去っていったとたん、北村が突然立ち上がって拓海に頭を下げた。

「山崎《やまざき》さん、いつぞやは失礼なことを言ってしまって本当にすみませんでしたっ！」

どうやら相当気になっていたらしいが、そのあまりの勢いに、拓海が目を白黒させている。

「いや、そんな謝っていただくようなことじゃありませんから。顔をあげてください」

それを見て、慎吾が笑い出す。

「そうだよ、北村さん。むしろ注目を浴びて山崎さんが恥ずかしい思いをしてるから、とりあえず座って。ほらほら」

慎吾にジャケットの裾《すそ》を引っ張られて、北村は席に座り直す。そんな二人のやりとりに、拓海の表情がやわらいだ。

「本当に気にしないでください」

「いやいや、山崎さんが許してくれても、俺が俺を許せません。知らなかったこととはいえ、人様の性指向をあんなふうに茶化したりして……」

北村は、人のいい男っぽい顔に心底申し訳なさそうな表情を浮かべている。少々お調子者だが、根はいいやつだということは、細谷もよく知っている。

「あの、よかったらお詫《わ》びに俺の性癖《せいへき》についても詳《くわ》しく話すので、遠慮なくつっこんでください！」

北村の突拍子もない提案に、

「それ、お詫びになってないし、誰も北村さんの変態性癖なんて聞きたくないから」

すかさず慎吾がツッコミを入れ、場は笑いに包まれる。慎吾と北村はウマが合うようで、細谷抜きでも時々飲みに行ったりしており、絶妙のコンビネーションだ。

「あー、俺、こういうひとこと多いところがダメなんだよなぁ。この前もね、営業先の社長に出身大学を訊かれて、バカ大でホント恥ずかしいんですけどN大なんですって言ったら、社長の息子がN大で、しかも二浪でやっと入ったって話で、もう気まずいのなんのって」

「北村さん、ホントばか！」

慎吾がテーブルを叩いて笑い転げ、それにつられたように拓海もクスクス笑い出す。

和《なご》やかな空気感に、慎吾にも来てもらってよかったなと細谷は胸を撫で下ろした。

慎吾がさらなる北村のやらかし話を拓海に披露《ひろう》している間に、細谷は自分のパスタに散らされていたオリーブの実を、拓海の皿にそっと移動した。オリーブは拓海の好物なのだ。

芝居がかったおしゃべりを続けながらそれを目ざとく見つけた慎吾が、すかさずツッコミを入れてくる。

「たっちゃん、オリーブ苦手だったっけ？　ダメだよ、こっそり人に押し付けたりしたら」

そう誤解されたなら、それでいいと思ったが、細谷の名誉を守ろうという義俠心《ぎきょうしん》に駆られたのか、拓海が真面目な顔で言った。

「オリーブは俺の好物なので」

そのポーカーフェイスの裏に覗くはにかみのようなものにぐっときたのは、細谷だけではなかったようだ。北村と慎吾が顔を見合わせ、ニヤニヤする。

「うわぁ、ラブラブ」

「いえ、そんな」

拓海は穏やかな笑みでさらりと受け流す。

「山崎さん、笑顔が色っぽいなぁ。たっちゃんはこのアダルトな色香にやられちゃったんだね」

慎吾が茶化してくる。

確かに、こうして外で見る拓海は、落ち着いた余裕ある大人の男に見える。

だが、隣にいる細谷には、拓海の耳たぶがうっすら赤くなっているのが見えた。

ふいに、昨夜の情事が脳裏によみがえる。愛されることに不慣れで、羞恥《しゅうち》と情動の間でいつも半泣きになってしまう拓海。男として決して小柄《こがら》ではないその体躯《たいく》が、細谷の腕の中でか弱く蕩《とろ》けていく様は、なんともかわいらしく色っぽく、いつも細谷をたまらない気持ちにさせる。

昼日中のカフェのテラス席でするにはふさわしくない妄想に細谷が浸っている間に、場はさらに和んでいった。慎吾と拓海はデザートのケーキを一口ずつ味見しあったりして、すっかり打ち解けている。

店を出る前に細谷がトイレに立つと、一拍遅れて慎吾があとを追ってきて、洗面台の鏡の前でからかうように肩をぶつけてきた。

「たっちゃん、心底山崎さんにメロメロだよね」

メロメロなのは事実だが、オリーブの実の件以外に表立ってのろけた様子をみせたつもりはないので「そうか?」と訝《いぶか》しく返すと、慎吾は笑い出した。

「無自覚なの? 食事の間中、ずうっと隣の山崎さんのことばっか見てたくせに」

「……そうだったか?」

「そうだよ。めっちゃデレデレした顔してたよ」

確かに、よからぬ妄想に耽《ふけ》っていた自覚はあるから、それが顔に出ていたとしても不思議ではない。

「否定すらしないって、どんだけ夢中なんだよ」

慎吾が笑いながらさらなる激しさで肩をぶつけてくる。

「色ボケしてるたっちゃんが見られるなんて、長生きしてよかったよ」

「なに言ってるんだよ。おまえこそ、ラブラブなんだろ?」

例の恋活パーティーで知り合った男との交際に言及《げんきゅう》すると、慎吾は「まあね」とニヤニヤした。

北村と慎吾はこれから一緒に映画を観に行くというので店の前で別れ、駅へと向かいながら、細谷は隣の拓海の顔を覗き込んだ。

「気疲れしてない?」

「全然」

そう言って見つめ返してくる拓海の表情はやわらかい。自分の前でだけ見せるこの隙のある表情がたまらなく愛《いと》おしいと思う。

「俺、自分の性指向を誰にもカミングアウトしてないし、天涯《てんがい》孤独で身内もいないから、今までリラックスできる相手ってほぼいなかったんです。あんなふうに、恋人としてごく普通な感じで紹介してもらえたり、接してもらえたりするって、すごいことだなぁって……」

語尾が震えて拓海は言葉を切り、それから歩道沿いのプランターを指さして明るい声で言った。

「サルビア、きれいですね」

これまでの人生を一人きりで肩肘《かたひじ》張って生きてきた反動なのか、拓海はちょっとしたことに感激して涙ぐむことがある。本人は都度ごまかせていると思っているようだが、細谷は毎回その感情の揺らぎに気付いていた。

拓海の涙腺が緩《ゆる》むのは、いつも細谷との関係の幸福感を口にするときで、そんな拓海を見るにつけ、細谷の愛情は一層強まり、一生をかけて拓海を大切にしていきたいと思うのだった。

3

エクセルの勤務表にチェックを入れて電源を落とし、拓海《たくみ》が帰り支度をしていると、向かいの席の大田《おおた》が意味ありげな表情でじっとこちらを見つめてきた。

「なに？」

「なにかいいことでもあった？」

「え？」

「いや、今、鼻歌を歌ってただろ？」

まったく自覚がなかったので困惑する。

「俺が？」

「ああ。今日に限らず、最近なんだか機嫌がいいよな」

「気のせいじゃないのか」

そっけなく返しながら、内心では俺ってそんなにわかりやすい人間だったのかと焦る。鼻歌の自覚はなかったが、最近気持ちが昂揚しているのは事実だ。

「宝くじでも当たったか?」

大田の質問に被《かぶ》さるように、拓海の胸ポケットの携帯が着信を知らせて震えた。これ幸いとばかりに拓海はポケットに手をのばす。

平時ならば細谷から飲みの誘いかと胸を躍らせるところだが、細谷は先週からアメリカ出張中だ。

携帯を取り出してみると、ディスプレイに慎吾の名前が表示されていた。この前四人で会ったときに連絡先の交換をしたのだ。慎吾の勤務先の玩具《がんぐ》メーカーが拓海の職場と比較的近いエリアにあり、今度仕事帰りに食事でもという話をしたので、もしかしたらその誘いかなと思う。

「はい、山崎です」

拓海が電話に出ると、「……え?」と戸惑ったような声が返ってきた。

「……山崎さん?　あれ?　ごめん、かけ間違えちゃったかも……」

うろたえたような声に被さって、なにかを叩く音と怒号が聞こえた。

電話の向こうのただならぬ気配に、拓海はぎょっとして訊ねた。

「慎吾くん?　どうかしたの?」

「いや、あの……」

ためらったように言いよどむ間にも、ドンドンという音は激しくなる。

「慎吾くん?」

「実は別れ話がこじれて、元カレに絡まれてて……」

「え、大丈夫？　今、どこにいるの？」

怒号の合間に慎吾が口にしたのは、拓海の会社から駅に向かう途中にある緑地公園だった。慎吾はトイレの個室に逃げ込み、男が外から怒鳴り散らしているらしい。

「一一〇番通報はした？」

「いや、大ごとにしたくなくて。相手は家庭のある人だから……」

自分もかつて、そうとは知らずに既婚者とつきあって苦い経験をしたことがあったので、こんな状況でも相手の家族に気を回す慎吾と、身勝手極《きわ》まりない男に、激しく感情を揺さぶられた。

「今すぐ行くから、そこから出ないで待ってて」

拓海が言うと、慎吾は焦ったような声を出した。

「いや、あの、大丈夫だから！　これ、間違い電話だから気にしないで！」

そう言って通話は切れた。すぐにかけ直したが、慎吾は出ない。

なにごとかと怪訝《けげん》そうな大田を残して、拓海は会社を飛び出し、公園へと向かった。日暮れが早いせいで、まだ宵《よい》の口だというのに園内は人影もまばらだった。

何ヵ所かあるトイレのどこだろうかと迷うまでもなく、すぐに男の怒声が聞こえてきた。

「そう簡単に逃げられると思うなよ！」

物騒なことを言いながら、男が慎吾の髪を摑んで引きまわしている。

トイレから出るなって言ったのに。

ことの詳細はよくわからないが、暴力や暴言だけをとっても、相手の方に十分な非がある。

「おい、何してるんだよ」

腹の底から声を出し、拓海はビジネスバッグで男の横っ面《つら》を張り飛ばした。

突然のことに油断したらしい男は、あっけないほど簡単に吹っ飛んだ。

職場では折に触れ「感じ悪い」と評されるクールフェイスで睥睨《へいげい》すると、尻《しり》もちをついた男は怯《ひる》んだ顔で後ずさる。

その隙に拓海は呆然《ぼうぜん》としている慎吾の腕を摑み、公園の出口に向かって駆け出した。

男が追いかけてくるのではないかとハラハラしたが、向こうも突然のことに驚いて咄嗟《とっさ》に身動きできないのか、逆襲を受けることもなく公園を脱出し、ひとけの多い夕刻の駅前に到着した。

再度周囲を見回し、男の姿が視界にないのを確認して、慎吾の手を放す。

「トイレから出ないでって言ったのに」

荒い息の合間に言うと、慎吾も息を弾《はず》ませながら、きまり悪げに言う。

「山崎さんを巻き込む前に決着をつけなきゃと思って。ごめん、もう一人山崎さんっていう知り合いがいて、マッチョなゲイバーのママなんだけど、そっちに助けを求めたつもりだったんだ」

どうやら焦ってタップしそこなったらしい。

「危ない目に遭《あ》わせてごめんね。助けてくれてありがとう」

深々と頭を下げたあと、慎吾はようやくこの前会ったときと同じ人懐っこい笑顔を見せてくれた。

「山崎さん、めっちゃかっこよかった」

「こけおどしだけどね。とりあえず無事でよかったよ」

無事と言ったものの、慎吾の頬骨のあたりには痣《あざ》があり、右手の甲《こう》には擦《す》り傷《きず》ができている。

拓海の視線に気付いたようで、慎吾はそっと右手の甲を左手で覆《おお》って気まずげに笑う。

「たっちゃんに知られたら、またかって怒られそうだな。ていうかこんなことに山崎さんを巻き込んじゃって、たっちゃんに半殺しにされそう。あ、たっちゃん今、アメリカだっけ？」

頷いて見せながら、「またか」ということは度々《たびたび》こういうもめ事があるのだろうかと想像する
そんな拓海の疑念を察したようで、慎吾はペロッと舌を出した。

「僕って罪《つみ》作りだよね。すぐに男を骨抜きにしちゃって」

かわいらしい顔に小悪魔のような笑みを浮かべてみせるが、重ねた両手の指先が震えているのを拓海は見逃《みのが》さなかった。こんなことには慣れているという表情を取り繕ってはいるが、動

揺して電話をかけ間違えるくらいだし、よほど怖かったのだろう。

「本当にごめんなさい。ありがとうございました」

ぺこっと頭を下げて立ち去ろうとする慎吾を、拓海は咄嗟に引き留めた。

「待って。さっきの元カレって、慎吾くんの家を知ってるんだよね？　ほとぼりが冷めるまで家には戻らない方がいいんじゃないかな」

「……そうなんだけど。まあ数日はネカフェとかで様子を見ようかな」

「とりあえずうちにおいでよ」

考えるより先に口走っていた。

「え？」と慎吾が驚いた顔になる。拓海も内心自分に「え？」とツッコミを入れていた。拓海は元々人付き合いが得意ではなく、細谷と恋人関係になるまで自分の部屋に人をあげたことなどほぼなかった。

だが、慎吾に対して、放っておけない気持ちになっていた。細谷の身内というのはやはり大きい。大好きな人の大切な弟分は、拓海にとっても他人とは思えない。

それに加えて、同じ性指向であることや、怖い目に遭って強がりながらも震えている様子、二十八歳という実年齢以上に幼くみえる年下感など、放っておけない理由を満載にしたような青年なのだ。

お調子者でちゃっかり屋に見えるのに、慎吾は拓海の誘いに遠慮をみせた。

「それはさすがに厚かましすぎて迷惑だし、たっちゃんに叱《しか》られちゃうよ」

人というのは不思議なもので、引かれるとかえって押したくなってしまう。

「むしろこんな状況で一人で帰す方が心配で迷惑だよ」

拓海が言うと、慎吾は両手で頰を押さえた。

「うわ、めっちゃときめく！　山崎さん、ホントに男前だね。好きになっちゃいそう」

その発言に拓海が怯んだ表情を見せると、慎吾は噴き出す。

「冗談だよ。いや、ときめいたのは本当だけど、横恋慕《よこれんぼ》したりしたらたっちゃんに殺されちゃうからやめておくね」

そんな会話をしているうちに、慎吾の手の震えは治まっていた。

コンビニで夕食とビールを調達し、拓海は慎吾を伴《ともな》って帰宅した。

玄関のドアを開け、明かりをつけたとたん、しまった、と思った。

最近は頻繁に細谷が泊まりに来るので、部屋の中は常時それなりにきれいにしている。だが問題はずらりと並んだ本棚の中身だ。

細谷以外に部屋を訪ねてくる人間などいないという前提で本棚をリビングに移したのだが、まさかこんなことになろうとは。

「うわぁ」

案の定、慎吾はそのコレクションに目を奪われたようだった。

「すごい読書家！」

「……読書家と言われるようなジャンルの本じゃないから」

いまさら本棚を隠すこともできず、拓海はうっすらと頬を赤くしてぼそぼそ言った。

「山崎さんはロマンチストなんだね」

背表紙を辿りながら慎吾が言う。その声に茶化すような色は微塵《みじん》もなく、「あ、これ僕も好きなやつ」などと嬉しそうに本を眺めているのでほっとした。

夕飯を食べながら、慎吾は今日の男との経緯《けいい》を話してくれた。出会ったのは例の恋活パーティーだったという。それなら拓海も面識があったはずだが、あの日は異常にテンパっていたし、細谷のことばかり目で追っていたから、ほかの参加者の顔などまったく覚えていなかった。

最初は順調な交際だったが、つきあううちに相手が既婚者だということが露呈《ろてい》し、末長くつきあえるパートナーを希望していた慎吾の気持ちは醒め、別れを決めたが、相手はやっと見つけた性欲のはけ口を逃すまいとしつこくつきまとってくるのだという。

身分証の提示を求められるような比較的きちんとしたパーティーでもそういうことがあるのだと思うと、細谷と出会えた自分は本当に運が良かったのだといまさらながらしみじみと思った。

そしてそう思えば思うほど、慎吾が気の毒で、申し訳ない気持ちになる。

拓海があまりにも悲壮《ひそう》な顔をしていたせいか、慎吾は場を和ませるように陽気に道化てみせた。

「僕ね、中学生のときに自分の性指向を自覚してから、数えきれないくらいの相手と寝てきたから、多分、すっごく床上手《とこじょうず》なんだと思う。だからつきあった相手はみんな僕のことを手放したくなくなって、追い回してくるんだと思うんだ。テクニシャンもつらいよね」

「中学生からって……すごいな」

「山崎さんは？　そんなクールな顔してるけど、たっちゃんを落としたくらいだから、実はすごいんでしょ？」

下世話なツッコミも、なぜか慎吾が口にすると嫌な感じには聞こえない。自分のことを明け透《す》けに話してくれるフレンドリーな性格ゆえだろうか。

拓海は背後の本棚を目顔で示して、苦笑いを浮かべた。

「俺はいい歳をして夢見る夢男で、恋愛経験も乏《とぼ》しいから……」

見た目が与える印象と実際との違いは、いつも拓海をいたたまれなくさせる。

だが、慎吾はそれをからかうでもなく、むしろ感動したように見つめてくる。

「山崎さんが恋愛に慎重だったのは、むしろ素晴らしいことだと思う。ああいう小説みたいなきれいな世界が好きで、夢を大事にして、自分を大切にして生きてきたから、理想の幸せを手に入れることができたんだよ」

ただ臆病だっただけだし、細谷とのことは運が良かっただけだと思うのだが、慎吾がきらきらした表情でそう言ってくれると、人恋しさで枕《まくら》を濡らした一人ぼっちの日々も報《むく》われるような気がする。

慎吾は二缶目のビールに口をつけながら、ため息を漏らした。

「逆に僕が今こういう状況に陥《おちい》っているのも、自業自得だよね」

「そんなことないよ。既婚者だってことを隠してパーティーに参加したり、挙げ句に暴力をふるってきたりするのは、完全に相手に非があることじゃないか」

「でも、いつもそんなのばっかりっていうのは、こっちにも原因があるんだと思う。たっちゃんに失恋してからはやけくそで好きでもない相手とHしまくってたから、人を見る目とか完全になくなっちゃったのかも」

さらっと言われた言葉に、拓海は「え？」となる。その反応に気付いて、慎吾も「あ」と焦った表情になった。

「待って待って！　失恋っていうのは、つきあってたっていう意味じゃないよ？　たっちゃんが初恋の人だったっていうだけ。しかも中学生のときの話。コクったけど、慎吾のことは弟としか思えないってその場でふられて終わりだから」

そんなことがあったのかと、驚きで言葉を失っていると、慎吾は不安げな顔でさらに言い訳を連《つら》ねてくる。

「本当に本当に一切なにもないからね？　だって、たっちゃんは山崎さんと出会うまでは完全にノンケだったし、男で、しかも身内の僕になんかそういう意味ではピクリとも揺れてくれなかったし」

慎吾の真剣な表情と、細谷の誠実な人柄から鑑《かんが》みて、本当にその通りなのだろうと理解できる。

「ごめんね、つい余計なことを言って山崎さんを嫌な気持ちにさせちゃって……」

「そんなことないよ。色々話してもらえて嬉しい」

それは嘘ではなかった。つい自分を鎧《よろ》ってしまう拓海は、慎吾のようなざっくばらんな性格に昔から憧《あこが》れていたし、天涯孤独の身としては、もしも弟がいたらこんな感じなのかなという甘酸《あまず》っぱい感傷を覚えもする。

慎吾は明るく社交的だが、先ほどの状況などからしてもどこか危なっかしい印象がある。細谷が恋活パーティーに同行したりしてなにかと世話を焼きたくなる気持ちもわかる気がした。

先日初めて顔を合わせた相手だというのに、慎吾とは不思議なくらい会話が弾んだ。もちろん慎吾が人懐こい性格のおかげもあるが、細谷という共通の話題もあるし、本や映画の好みも似ていた。慎吾はラブロマンス映画が好きらしいのだが、歴代の彼氏はみんなアクションものやサスペンスものが好きで、好みが合ったためしがないのだという。

「だからその手の映画を見たい時は、北村さんを誘うんだ。あの人、あんな顔して少女マンガの映画化とか大好きなんだよ。めちゃくちゃ涙もろくて面白《おもしろ》いの」

拓海は北村の男っぽい顔を脳裏に思い浮かべて、慎吾と一緒に笑ってしまった。

とりとめもなくしゃべっているうちに夜も更《ふ》け、交互にシャワーを浴びた。慎吾は当然のようにソファで寝るつもりになっていたが、拓海の部屋のソファはコンパクトサイズで、小柄な慎吾といえども窮屈《きゅうくつ》に決まっている。

「もし慎吾くんが嫌じゃなかったら、ベッドで一緒に寝ようよ」

拓海の提案に、慎吾が驚いたように目を見開く。

「え、いいの？」

「この間セミダブルに買い替えたから、そんなに窮屈じゃないと思うんだ。あ、変な意味で誘ってるわけじゃないよ？」

相手も同じ性指向だということを思い出して付け加えると、慎吾はぷっと噴き出した。

「いや、逆に僕に襲われる心配とかないの？」

そう言われて、拓海が貸したスウェットを彼シャツ状態で身にまとっている慎吾を検分した。

「んー、多分いざとなったら俺の方が体力的に優位だから、大丈夫」

大真面目に返すと、慎吾も真面目な顔で頷いた。

「だよね。今日助けに来てくれたときの山崎さん、めっちゃ男前でかっこよかったし」

そんなことを言い合いながら、二人でベッドにもぐりこむ。

細谷と一緒のときには、細谷の体格のせいか二人の密着度のせいか、セミダブルでも狭く感じるが、小柄な慎吾と並んで横になると、むしろゆとりさえあった。

「慎吾くんがここにいること、一応細谷さんに連絡しておいてもいいかな」

細谷の恋人として、またその身内を預かる者の責任として了承を求めると、

「僕からも連絡しておくね」

と、暗闇《くらやみ》の中で携帯を手に取った。しばし二人でそれぞれに細谷にメッセージを送る。

ストーカー被害に遭った慎吾をしばらく部屋に泊めることにしたと短く状況を説明して送信すると、細谷からすぐに返信が来た。時差からしてちょうど仕事中だろうに、反応の速さに驚く。

『迷惑かけて申し訳ない。帰ったらすぐこっちで引き取るから』

『迷惑じゃないし、仲良くやってるから心配しないで。仕事頑張ってください』

『ありがとう』と短い礼のあとに『愛してる』というメッセージが表示されて、拓海はなにか急性の病に襲われたみたいに身体中がきゅうとよじれた。

『愛してる』なんて言ってくれるのは、フィクションの中の人物だけだと思っていた。

自分に、ナチュラルに愛を囁いてくれる相手が現れるなんて、本当にいくら考えても夢のようで、また涙が出そうになる。

「うわ、たっちゃん激おこ」

隣で自分の携帯を操作しながら、慎吾がおどけた声を出す。

「すぐに警察を呼ばなかったことも怒られたし、山崎さんに迷惑をかけたことも怒られた」

「迷惑なんかじゃないから大丈夫って言っておいたから。でも、通報に関しては賛成だな」

「んー、でもさ、通報したら向こうの奥さんにもバレるでしょう？」

「慎吾くんは既婚者だって知らずにつきあってたんだから、責任を問われることはないよ」

「そうじゃなくて、そのせいで相手の家庭が壊れたらやだなって」

相手の妻が夫の本性を知らないのなら、むしろ知らせた方が親切ではないかと思ってしまうが、身の危険よりも相手の家族を気遣うやさしさに慎吾の人柄がにじみ出ている気がした。

「ねえ山崎さん」

ひそめた声で言われ、なにか深刻な話だろうかと常夜灯の薄明かりの中で横を向くと、慎吾の目にいたずらっぽい光が躍っている。

「このベッド、最近買ったって言ったよね？」

「うん」

「最近って、たっちゃんとつきあい始めてから？」

からかいを含んだ質問の意図に気付いて、薄闇の中で拓海は赤くなる。

「……そうだけど」

「ひゃー。いいなぁ、新婚さん！　ていうかそんな用途で買ったベッドに寝かせてもらったりして、たっちゃんが怒るのも無理ないな」

「そんな用途って、別に、これは、俺が寝るために買ったのであって」

「ふふふ。あー、妄想が捗《はかど》るなぁ。今夜はムラムラして眠れないかも」

「……蹴り落とされたい?」

「ふははは。そんなSな山崎さんも好き」

際どいからかいも、慎吾の口から出ると憎《にく》めなくて、最終的には拓海も笑ってしまう。

結局、寝入る瞬間まで、二人でとりとめのない冗談を言い合っていた。

4

土曜の夕刻到着の便で帰国した細谷《ほそや》は、その足で拓海《たくみ》のマンションに向かった。

自分の留守中に慎吾《しんご》がトラブルに巻き込まれたらしいこと、そして拓海に迷惑をかけてしまったことを聞いて、幾重《いくえ》にも気がかりだった。

慎吾は昔から男運が悪く、しょっちゅうろくでもない男に引っかかっていた。そこで今度こそ信頼できる相手と出会いたいと、例の恋活パーティーに参加したのだ。身分証明書の提示が必要な真面目な集まりで良い相手と出会い、順調に交際しているようだったので細谷も安堵《あんど》していたのだが、まさか相手が既婚者のDV男だったなんて。

おそらく今回の一件が起こる前から兆候《ちょうこう》はあったのだろう。だが、慎吾は細谷にひとことも言わなかった。慎吾は一見天真爛漫《てんしんらんまん》でなにも考えていないように見えるが、あれでなかなか周囲に気を遣うタイプだ。少々のことは自分の中で折り合いをつけて我慢してしまうところがある。

拓海との蜜月に夢中で、慎吾のトラブルに事前に気付いてやれなかったことを悔《く》いた。そして自分の身内の厄介《やっかい》ごとに拓海を巻き込んでしまったことも非常に申し訳なく思っていた。

拓海からはごく簡潔な状況説明のみだったが、慎吾の話だと拓海を相当危険な目に遭わせてしまったようだ。そのうえ、慎吾はそのまま拓海の部屋に転がり込んでいるという。

拓海は恋人になった細谷には気を許してくれているが、基本的にはあまり人と慣れ合わないタイプで、部屋に人をあげること自体まれなのだ。どれほどの迷惑とストレスをかけているのかと想像すると、出張を途中で切り上げて帰りたいくらいだった。

正直に言えば、心配なのはそれだけではなかった。慎吾はとてもいいやつだが、貞操観念が相当にゆるいのが欠点だ。同じ部屋で寝起きして、拓海になにか悪さをしたりしていないかと、少々心配もしている。

スーツケースを自分の部屋に置いてくる手間さえ惜しんで細谷が拓海の部屋に到着すると、慎吾が満面の笑顔で細谷を出迎えた。

「たっちゃん、おかえりー！　ごはん？　お風呂？　それともみーくん？」

「……みーくん？」

「うわぁ、たっちゃんてばっ！　ごはんもお風呂もすっ飛ばしていきなりみーくんだなんて、悪いオオカミさんだなぁ」

「なにをわけのわからないことを言ってるんだよ。みーくんってなんだよ」

「拓海さんのあだ名。たっくんだとたっちゃんとごっちゃになるから、みーくんにしたんだ」

細谷にとっては幼いころから慣れ親しんだ慎吾のテンションだが、この熱量と三日三晩過ごした拓海は憔悴《しょうすい》しきっていないかとさらに不安になる。

だが奥から顔を出した拓海は、思いのほかいきいきとして元気そうだった。

「おかえりなさい。疲れたでしょう?」

促されて部屋にあがると、小さなローテーブルの上には山のようないなりずしと唐揚《からあ》げがひしめいていた。

「みーくんと一緒に、たっちゃんのために作ったんだよ。ね?」

拓海ははにかんだように目を泳がせる。

「いや、唐揚げは慎吾くんが作ったし、俺は市販の調味済みの油揚げに、市販のすし酢《ず》と市販の紅《べに》しょうがと市販のいりごまを混ぜたごはんを詰めただけで……」

拓海の過剰《かじょう》な謙遜《けんそん》に慎吾が噴き出す。

「市販市販言い過ぎだって。充分手作りだよ」

「そうかな」

「そうだよ。みーくん、めっちゃ愛情込めてたじゃん」

会話の様子からして、細谷が留守の間に、二人は随分《ずいぶん》と仲良くなったようだ。

細谷が手を洗って戻ると、食卓には冷えたビールが用意され、とりあえず乾杯して夕食という運びになる。

拓海が作ってくれたといういなりずしを一口頬張ると、出張先で肉ばかり食べていた身体にじんわりと滋味がしみわたる。

「おいしい」

しみじみ言うと、拓海の顔がパッと華《はな》やいだ。

「本当？」

「うん、すごくおいしいよ。紅しょうががいいアクセントで」

「たっちゃんの実家のいなりずし、ごまと紅しょうがが入ってたよね。懐かしい味でしょ？」

にこにことコメントを添えてくる慎吾の顔を見て、細谷は本題を思い出した。

「なんだかとんだことだったらしいけど、大丈夫だったのか？」

「うん、みーくんのおかげで助かった」

「本当に多大な迷惑をかけちゃって」

詫びの視線を向けると、

「そんなことないですよ」

拓海は笑顔で返してくれる。久しぶりの恋人を抱きしめたい衝動《しょうどう》に駆られつつ、しかし慎吾の前でそんなことをするわけにはいかず、細谷は再び慎吾に向き直った。慎吾が身に着けている見覚えのある服に眉根を寄せる。

「その服、拓海くんのじゃないのか？」

「うん。色々丸っとお借りしてます」

慎吾が勤める玩具メーカーのデザイン部門は、カジュアルな服装が許されているため、オンからオフまで拓海の服を借りているらしい。

申し訳ないという視線を向けると、拓海は笑顔で首を横に振る。

「とりあえず引っ越しを検討《けんとう》しろよ」

「えー。あの部屋気に入ってるんだよね。あの立地であの家賃ってすごいお宝物件だし、職場にも近いし」

「背に腹は代えられないだろう。まあ少なくとも、しばらくは自宅に帰らない方がいいな」

「そうだね」

「とりあえず当面はうちにくればいい」

当然の段取りとして細谷は言った。拓海にこれ以上面倒をかけるわけにはいかないし、自分のところに置いておけば細谷としても安心だ。

だが、黙って二人の話を聞いていた拓海が、ぼそっと口を開いた。

「でも、慎吾くんの職場はここからの方が近いよね？」

慎吾が嬉しげに目を輝かせる。

「そうなんだよね！　朝、みーくんと途中まで一緒だし、みーくんが迷惑じゃなかったらもうしばらくここに置いてもらおうかな」

「迷惑です」などと言えるはずがない。


「迷惑に決まってるだろう」

「迷惑なんかじゃないですよ」

細谷の非難に拓海がやさしくフォローを入れる。それはそうだろう。この状況で「迷惑です」などと言えるはずがない。

拓海に気を遣わせるのが申し訳ないので、細谷は慎吾に向かって乱暴に断言した。

「今すぐ俺の部屋に帰るぞ」

「えー。たっちゃん横暴。みーくんと僕、めっちゃ仲良くやってるんだよ」

「それはおまえ個人の感想だろう」

「みーくんだって迷惑じゃないって言ってくれてるじゃん」

「面と向かって迷惑だなんて言えるわけないだろう。そもそも、発端《ほったん》からして迷惑以外のなにものでもないじゃないか」

「だからみきママと間違えちゃったんだって」

みきママというのは、細谷も慎吾のつきあいで何度か行ったことがあるゲイバーのマッチョなママで、確かに苗字は拓海と同じ山崎《やまざき》だった。

「確かにあの人なら無敵だろうけど、いずれにしてもそういうときは警察に通報しろよ」

「はーい」

「本当にわかってるのか？」

「わかってるよ。ねえ、僕とみーくんが本当に仲良しな証拠見る？」

慎吾は携帯の画面をタップして、細谷に写真を見せてくる。二人で顔を寄せ合って撮《と》った写真がアプリで加工され、うさ耳がついてハートが飛び交っている。

そのカップルのようなツーショットもさることながら、背景に細谷は目を凝《こ》らした。二人は拓海のベッドに横たわり、同じ毛布にくるまっている。

「まさかとは思うけど……」

「ん？　まさか僕たち前世は子ウサギだった説？」

「……慎吾、どこで寝起きしてたんだ」

「どこって、みーくんのベッドだよ」

「……一緒に？」

「うん」

細谷はこめかみを押さえた。それを見て、拓海がフォローを入れてくる。

「俺から提案したんです。ソファは狭いし、余分な布団もないから、一緒にって」

拓海の親切に、細谷は笑顔を向けた。

「ありがとう。拓海くんは本当にやさしいね」

それから慎吾に一瞥《いちべつ》をくれる。

「だからって、そのやさしさに能天気に甘えるなよ。ほら、帰るぞ」

「えー」

不満げな慎吾の腕をつかんで引き起こす。

するとなぜか、拓海が慎吾のもう片方の腕をつかんで引き戻してきた。

「慎吾くんは、俺が責任をもって預かります」

細谷は驚いて拓海を見た。細谷に気を遣って「迷惑じゃない」と言っているのだとばかり思っていたが、どうやらそうではないらしい。

しかも心なしか、目が怒っているように見える。

もしかしたら慎吾のおもりに疲れて、神経が昂ぶっているのかもしれない。だったらなおのこと、すみやかに撤収《てっしゅう》しなくてはと、慎吾の腕を引っ張った。

「ほら、帰るぞ」

「俺が預かるって言ってるのに、なんで勝手に連れ帰ろうとするんですか！」

「いや、だって迷惑だろ」

なぜこんなことになったのか、気付けば慎吾を挟んで、拓海と言い合いのようになっていた。

マンガのように左右に首を振って細谷と拓海を交互に眺めていた慎吾は、最終的には細谷の手を振りほどいて、拓海の腕に絡み付いた。

「そういうわけで、僕はしばらくみーくんのところにお世話になるから、たっちゃんは帰ってゆっくり出張の疲れを癒《いや》してね」

結局、心配かけてごめんねーと手を振る慎吾と、目を合わせてくれない拓海に追い出されるように、細谷は「なぜ?」という混乱を抱《かか》えたまま、拓海の部屋をあとにしたのだった。

5

細谷《ほそや》が帰ったあとの部屋で、拓海《たくみ》は頭を抱えてへたり込んだ。

俺は何をやっているんだ。久しぶりに会えたのに、こんなへんな空気になるなんて。

慎吾《しんご》が屈んで、顔を覗き込んでくる。

「ごめんね、みーくん。僕のせいでまたしばらく迷惑をかけることになっちゃって」

そうだ、一人ではないのだったと、拓海は慌てて表情を取り繕った。

「こっちこそ、無理に引き留めちゃってごめん。本当は身内の細谷さんのところに行ってもらうのが正しいのに、なんだかむきになっちゃって」

「すごい嬉しかったよ、みーくんが引き留めてくれて」

慎吾はにこにこ言って、額をくっつけてくる。数日を一緒に過ごして、慎吾とは驚くほど打ち解けた。拓海はパーソナルスペースが広いタイプで、距離ナシな相手が苦手なのに、慎吾のスキンシップは少しも嫌だと思わなかった。同じ性指向でありながら、あるいはだからこそなのか、性別を意識することもなく、慎吾の放つ大らかな癒しのオーラは、一緒にいて心地よかった。

拓海は視線を上向《うわ》けて慎吾を見た。

「慎吾くんは気を遣って残ってくれたんだよね。細谷さんは身内だから多少は雑な対応もできるけど、俺には遠慮があるから」

いじけたことを口にする自分に嫌気がさして、拓海はため息をついた。

「……ごめん、へんなやきもちを焼いて」

「え、やきもちだったの？」

慎吾は焦った様子で言い募《つの》る。

「もしかして僕の初恋がたっちゃんだったこと、気にしてる？　マジで今はぜんっぜんそんな気ないから」

「そっちじゃなくて……いや、それもなくはないけど、そうじゃなくて、細谷さんに嫉妬《しっと》したんだ」

「たっちゃんに？」

拓海はきまり悪く頷いた。

「俺ね、あんまり人と打ち解けるの得意じゃなくて。でも、慎吾くんとはあっという間に仲良くなれて、離れるのが名残惜《なごりお》しいくらいで」

「僕も！」

「でも、細谷さんと慎吾くんの会話を聞いてたら、二人はやっぱり特別な親しさで、俺は赤の他人だから二人とも俺には気を遣ってて。『迷惑かけてごめんね、ほら、慎吾行くぞ』っていう細谷さんの口ぶりに自分だけ部外者な気分になっちゃって、俺だって慎吾くんと仲良しなのに、ってなんか対抗心みたいなものが湧いちゃったんだ」

慎吾は大きな目をしばたたくと、拓海をギューッと抱きしめてきた。

「みーくん、かわいいー！　嬉しい！　大好き！」

「く、苦しいよ、慎吾くん」

「でもたっちゃんが聞いたら泣いちゃうよ。たっちゃんは、ろくでなしの従弟が自分の留守にみーくんに迷惑をかけたことを怒ってて、これが原因でみーくんに愛想をつかされたらどうしようって焦ってたんだと思うよ。だからお荷物の僕をさっさとここから引っ張り出そうとしたんだ」

笑いながら抱擁《ほうよう》を解いた慎吾に、拓海は首を横に振ってみせた。

「細谷さんは、心底慎吾くんのことを心配してるよ」

「うん、そこは否定しないけど、僕が言ったことも間違ってないと思うよ？」

拓海は少し考えて、小さく頷いた。

「それにね、僕は気を遣ってここに残ったわけじゃないよ。みーくんといると楽しいからだよ。引き留めてくれて、すごく嬉しかった。ありがとう」

満面の笑顔で言われて、細谷と出会って以来なにかと過敏な涙腺がまたゆるみそうになる。

天涯孤独のロマンチストの拓海にとって、細谷は唯一無二《ゆいいつむに》の特別な存在だが、思いがけない縁で親しくなった慎吾もまた、別の意味で大切な相手になりそうだった。

頭にのぼった血がようやく落ち着いてから、拓海は細谷にLINEをした。

『さっきはすみませんでした』

返信はすぐに来た。

『こちらこそ。慎吾のこと、よろしくお願いします』

語尾が敬語になっていることに、少しどきりとする。拓海の文体につられたのか、それともまだ少し気分を害しているのだろうか。

いろいろ言い訳したり謝ったり、どんなに細谷のことが好きかを伝えたりしたかったけれど、出張帰りで疲れているであろう細谷を、感傷の押し付けで煩《わずら》わせたくなかったので、『ゆっくり休んでください』とだけ送り返した。

LINEのやりとりはそこで止《や》んでも、頭の中は細谷のことでいっぱいだった。久しぶりに会えたのに、指一本触れることもできず、くだらない諍《いさか》いで別れてしまった。

会いたい。話したい。キスしたい。それ以上のことも……。

ベッドの中で悶々《もんもん》とそんなことを思ううちに、隣で横になっている慎吾に対するうしろめたさがむくむくと湧き起ってきた。

さっきは細谷に嫉妬したと言ったけれど、それは気持ちのうちの半分で、残り半分慎吾への嫉妬もあった。都合のいい、きれいごとだけ言ってしまった自分へのモヤモヤが膨《ふく》らんで、拓海はそっと慎吾に声をかけた。

「慎吾くん、まだ起きてる？」

「うん」

慎吾はごそごそと寝返りを打って拓海の方へ顔を向ける。

「ごめん、俺、さっき半分嘘ついた」

「嘘？」

「細谷さんに嫉妬したのも本当だけど、慎吾くんにも嫉妬してた」

「えー、なんで俺に嫉妬？」

闇の中で慎吾は不思議そうな顔をする。

「さっきもちょっと言ったけど、細谷さん、俺には気を遣って他人行儀なところがあるけど、慎吾くんに対してはすごく砕《くだ》けた態度だから、見てて置いてけぼりな感じがして」

「それは文字通り身内だからでしょ。みーくんに対しては、好きすぎて下にも置かない扱いなんだよ。僕から見たら、気を遣うっていうよりデレデレって感じだったよ？」

明らかに自分の被害妄想だというのはわかっている。恋に慣れていないので、自分の気持ちのありように振り回されていることを自覚しつつ、拓海は正直に打ち明けた。

「慎吾くんを引き留めた理由の中に、細谷さんと慎吾くんが二人きりで過ごすのが心配だったっていうのもある」

慎吾は「えー」と心外そうに言って苦笑いを浮かべる。

「何度も言ってるけど、僕がたっちゃんを好きだったのは大昔の話だし、たっちゃんからもきっぱりふられてるんだよ？」

「当時の細谷さんには男とつきあうっていう選択肢《し》が存在しなかったわけだけど、今はその規制は外れてる。慎吾くんは魅力的だし、二人はただでさえ親密な関係だから、なにかのスイッチが入って一歩進んじゃう可能性も皆無じゃないかもとか……」

規制を外した当人がそんな不安を訴え出るのもおかしな話だが、拓海は包み隠さず見苦しい胸の内を明かした。

慎吾は闇の中でくすくす笑う。

「もっと自信持ってよ。たっちゃんはみーくんが好きなんだよ？　そんなに簡単にほかのやつにふらふらするわけないだろ。それとも、僕はそんなに油断ならない？」

「そうじゃなくて……」

「まあ結果的には既婚者とつきあってた泥棒猫だから、疑われても自業自得だけど」

「そういう意味じゃないから」

いやしかし、自分の言い方はまさにそういうニュアンスだったぞと自己嫌悪に陥ってアワアワしていると、慎吾は手をのばしてきて拓海の頭を撫でた。

「あのね、今、好きな人がいるんだ。だから、万が一たっちゃんの頭がおかしくなって襲いかかってきたとしても、こっちから拒絶するからなんの心配もないよ」

冗談交じりの告白に、拓海は闇の中で目を瞠《みは》る。

「好きな人？　……まさかあのＤＶの元カレのことをまだ？」

「違う違う」

慎吾はきっぱり否定し、それからはにかんだ様子で意外な名前を口にした。

「あのね、北村さん」

拓海は驚いて思わず声をあげた。

「え、本当に？」

だがそう言われてみれば、先日四人で会ったときにも、慎吾と北村はとてもいいコンビネーションだった気がする。

「北村さんって、ちょっと無神経でおバカなところもあるけど、すごくやさしいし面白い人なんだ」

確かに、北村は親切で鷹揚ないい男だ。取るに足らない軽口のことであんなふうに誠実に謝罪をしてくれたところにも、人柄の良さがにじみ出ていた。

「二人で遊んだりすることもあるって言ってたよね。映画の趣味も合うとか」

「そうそう。一緒にいるのめちゃくちゃ楽しい」

「気持ち、伝えないの？」

拓海が訊ねると、慎吾は言下に「まさか」と笑った。

「あの人は完全なるノンケだよ。僕がたっちゃんの身内だから、いやな顔をしないで友達でいてくれるけど、こんな気持ちがバレたら、きっと嫌悪感を抱《いだ》かれて、二度と会ってもらえなくなると思う」

「そんなことないって。傍《はた》から見てても、慎吾くんと北村さんはすごく波長が合ってる感じがしたし」

拓海が必死に言い募ると、慎吾はふっとどこか淋しげに笑った。

「運命の恋を夢見て、それが完全な形で成就《じょうじゅ》したみーくんのこと、心底素敵だなって思うし、憧れる。みーくんにはずっとずっと幸せでいて欲しいって思うよ」

「慎吾くんだって」

「僕はもうそういうのは諦《あきら》めたんだ。いちばん好きな人との関係はきれいなままにしておきたい。だから、嫌いじゃない程度の相手で、長く楽しく一緒にいられる伴侶を探すのが僕の夢。でもそれが案外難しいんだよね。あの恋活パーティーにしてもさ、結局そんな打算で臨《のぞ》んだから、こういう結果になったんだと思う。自業自得だよね」

拓海は、自分から慎吾をぎゅっと抱き寄せた。

「もし、そういう相手が見つからなかったら、もうずっとここで一緒に暮らそうよ」

　慎吾はくすぐったそうな声で言う。

「すごく嬉しいけど、たっちゃんは？」

「慎吾くんは細谷さんの弟みたいなものだし、だから俺にとっても弟だから、細谷さんとは別腹で大事」

「なんかめっちゃ嬉しい」

　慎吾はぎゅっと拓海を抱き返してきた。

「僕、恋人運は悪いけど、大事な人運はすごくいいよね。たっちゃんも、北村さんも、みーくんも、僕の周りはいい人ばっかり」

　そんなふうに言ってもらえることが嬉しくて、でも切なくて、拓海は自分がスキンシップが苦手だということも忘れて、慎吾をぎゅうぎゅうと抱きしめ続けた。


　そのあと一週間ほど、慎吾は拓海の部屋に滞在した。慎吾は非常にフレンドリーだが、空気を読むのがうまくて、同じ部屋で過ごしていてもほとんどストレスを感じることがなかった。長いこと一人暮らしをしていた拓海には、こんなふうに誰かと一緒に暮らす経験は新鮮であると同時に、家族と暮らしたかつての日々を思い出し、ノスタルジックな気分にもなった。

そんな心温まる気持ちの一方で、細谷とゆっくり会えないさみしさも密《ひそ》かに感じていた。

メッセージのやりとりでお互いの言動を詫びて表面上は和解していたが、直接会ってもっと細かいニュアンスを伝えあいたかった。

だが、細谷は出張の後処理や、留守の間に滞《とどこお》った通常業務の消化で多忙を極めて残業続きで、週末までは会えそうになかった。

以前なら、夜中に電話で喋《しゃべ》ったりもしたが、なんとなく慎吾への遠慮もあった。慎吾は表面上はそうと見せずともそういうときに気を回してくれるタイプだということがわかっているから、逆に申し訳なくて、慎吾の前で恋人同士の会話をするのは憚《はばか》られた。

金曜の夜、拓海が風呂からあがると、慎吾は誰かと電話をしていた。通話を終えたあと、慎吾は笑顔で言った。

「明日から、自分の部屋に帰るね。長々とお邪魔しちゃってホントにごめんね」

「大丈夫なの？」

長々と言っても、たかだか二週間だ。あの男が本当に諦めたのか疑わしい。心配する拓海に、慎吾は携帯を掲《かか》げてみせた。

「マンションの隣の人と割と仲が良くて、事情を話して郵便物を回収してもらってたんだけど、それらしい男が訪ねてきたり、あやしい郵便物が投函《とうかん》されたりした形跡はなかったって言ってるから」

そうは言っても四六時中見張れるわけでもないだろう。だがいざとなれば助けを呼べる隣人がいるなら、少しは安心だった。

「俺への遠慮ならいらないからね。いつまでいてくれたっていいんだし」

拓海は本心からそう言って、そのあと少し考えて付け加えた。

「それでも他人の俺だと遠慮もあるだろうから、もうしばらく細谷さんのところに避難するのもありだと思う。あのときは身勝手な理由で引き留めちゃったけど……」

気まずく語尾を濁《にご》すと、慎吾は明るい笑顔を返してくれた。

「ありがとう。でも、観葉植物の水やりとかも、いつまでもお隣さんに頼むのは悪いし、やっぱり帰るね。心配してくれてありがとう」

「じゃあ、明日、部屋まで送らせてもらってもいい？　いざというときのために、慎吾くんの家の場所を知っておきたいんだ」

「みーくん、ホントやさしいな。じゃあ、お言葉に甘えるね。あ、そうだ。だったらうちで鍋パしない？　せっかくだからたっちゃんも呼んでさ。今日も残業かな」

喋りながら、慎吾は細谷にＬＩＮＥを送っている。

数分で返信があり、それに目を走らせた慎吾は、笑いながら内容を拓海に教えてくれた。

「明日、ＯＫだって。やっぱまだ仕事中で、一緒に残ってた北村さんも来る気満々みたいだよ」

慎吾の気持ちを知ってしまった身としては、なんだか複雑な心境になってしまうのだが、慎吾は拓海の表情からすぐにそれを見抜いたらしく、いたずらっぽい顔で肩をぶつけてくる。

「そんな顔で見られたら逆にこっちが気を遣っちゃうからやめてよ。北村さんに会えるのは単純に嬉しいよ。だからみーくんも、たっちゃんと会うのを普通に楽しんでよ」

変な気を回されるのは慎吾の本意ではないだろうと悟って、拓海も笑みを浮かべて頷いてみせた。

実際、一週間ぶりに細谷に会えるのはものすごく嬉しかった。


あの諍い以降初めて会うのが二人きりでなかったのは、却《かえ》ってよかったと拓海は思った。集合場所をスーパーにして、四人で買い物をするところから始めたのだが、ムードメーカーの北村のおかげで気まずさを感じることもなく、買い物から下準備、鍋パーティーに至るまで、場は騒々しいほど盛り上がった。

慎吾の一件を知った北村は、

「なんだよ、その最低なストーカー野郎は！」

と誰よりも憤慨《ふんがい》して、

「慎吾くんみたいなかわいい子には、絶対に幸せが来るから、そんなクソ野郎のことは忘れて、元気出すんだぞ！」

と慎吾の肩をバンバン叩いたりしている。

「痛いってば、北村さんのゴリラ力！」

「ゴリラってなんだよ」

「顔もちょっと似てるし」

「おい」

「うそうそ。心配してくれてありがとう！　お礼にお肉を大サービス」

北村の取り皿に甲斐甲斐《かいがい》しく具を取り分けている慎吾を見ていると、やはり切ないような複雑な感情が湧いてきてしまう。ついつい見つめてしまったせいか慎吾が視線に気付き、ふっと笑って『ご心配なく』という感じの目配せをしてくる。

確かに、偉《えら》そうに人の心配をしている立場ではない。場が盛り上がっているのはありがたいが、それに紛《まぎ》れて、拓海はまだ細谷とは挨拶程度しか話せていない。

傍らの細谷にちらりと視線を向けると、いきなり目が合った。どうやら拓海が気付く前からこちらを見つめていたらしい。

急にドキドキしてきて、拓海は取り皿に目を伏せた。

その皿の中に、細谷が鱈《たら》と焼き豆腐をとってくれる。どちらも拓海の好物だった。行動で和解をもちかけてくれる細谷にきゅんとして、拓海はもう一度視線をあげた。

「ありがとう。あの、今週はだいぶ忙しそうだったから、疲れたでしょう？」

「うん。でも週末に拓海くんに会えるのを楽しみに頑張った」

照れるでもなくストレートにそんなふうに言ってくれる細谷に、ますます動悸が速くなる。あんなふうに感じの悪い態度をとってしまったのに、それでもこうしてやさしくしてくれる細谷に、この場で抱き付きたい衝動に駆られて、我慢するのが大変だった。

「うわぁ、目の毒」

慎吾がからかい声で茶化してくる。

「もうお開きにして、さっさと二人の世界に入りたいよね。はいはい、北村さん、どんどん食べちゃって」

慎吾が北村の取り皿に具材を次々放り込み、

「慎吾くん、俺の扱いが雑ぅ」

大袈裟《おおげさ》に拗《す》ねる北村の道化た表情に、みんな笑ってしまう。

和やかな食事を終え、帰る頃になると、拓海は二週間一緒に暮らした慎吾との別れの淋《さみ》しさもあいまって、慎吾が心配になってきた。

「本当に大丈夫？　なんなら今日は俺が泊まって行こうか？」

細谷も北村も心配なのは同じらしく、口々に「大丈夫か？」と訊ねる。

慎吾はあっけらかんと笑って、かぶりを振った。

「さすがに向こうもほとぼりが冷めて僕への興味なんか失ってるだろうし、大丈夫だって。念のために戸締まりはしっかりするし、なにかあったらすぐ救助要請《ようせい》します」

おどけてビシッと敬礼してみせたあと、慎吾は三人を玄関へと追い立てる。

別れ際、慎吾は拓海をぎゅっとハグしてきた。

「いろいろありがとう。今夜は久々にたっちゃんと楽しんで」

耳元でささやかれて、拓海は思わず赤面した。

路線が違う北村と、慎吾の部屋の前で左右に分かれ、細谷と二人きりで駅に向かいながら、拓海はまるで初恋の相手と初めて一緒に歩くみたいに胸がドキドキした。

「すっかり迷惑をかけちゃって、本当にごめん」

改めて細谷に謝られて、拓海は「そんな」と首を振った。

「こっちこそ、他人なのに出しゃばってしまってすみません」

「でしゃばるなんてとんでもない。親切にしてもらったって、慎吾がすごく感激してた」

こんなふうに直《じか》に間近で話すのが久しぶりすぎて、細谷の一声一声が細胞《さいぼう》にしみこんでいくように感じられた。

改めて、自分にとって細谷がどれほど大切な相手か意識する。もうつまらないことでぎくしゃくしたくないから、拓海はわだかまりの原因になったことを正直に打ち明けた。

「慎吾くんの初恋は、細谷さんだったそうですね」

細谷は苦笑いを浮かべる。

「大昔の話だよ」

「わかってます。でも、慎吾くんが細谷さんのところに身を寄せることに、最初、抵抗を感じちゃったんです。今の細谷さんにとって、性別は問題じゃないはずだし、元々身内で親密な仲だし、あんなに魅力的な慎吾くんと同じ部屋で寝起きしたら、ぐらっと来ることもあるんじゃないかな、なんて嫉妬深く下世話な想像をしてしまって……」

並んで歩いていた細谷が足を止めたので、拓海も一歩遅れて立ち止まり、振り返った。

細谷はあっけにとられたような表情を浮かべている。従弟にまで嫉妬する拓海の狭量《きょうりょう》さに呆《あき》れ果《は》てたのかと思い、正直に打ち明け過ぎたことを後悔しかけたとき、細谷はふっと笑った。

「まいったな。実は俺も同じこと考えてた」

「え？」

「慎吾のことは本当の弟みたいに思っているし、いいやつだってことも十分にわかってるんだ。でも、恋愛に関してはちょっと軽率なところがあるから、拓海くんとおかしなことにならないか心配になってしまって。それで無理矢理俺の方に連れて行こうとしたんだ」

拓海は驚いて細谷を見つめた。

「おかしなことって……。俺が細谷さん以外とそんなことになるなんてありえないです！」

きっぱり断言すると、細谷は嬉しげな顔になりつつもやや苦笑気味に拓海を見つめ返してくる。

「俺だってそうだよ。でも拓海くんも俺と慎吾のことを疑ってたんだよね？」

「それは……」

反論しようと思ったが、その通りなので言葉に詰まる。

細谷はきまり悪げに胸の前で腕を組んで言った。

「拓海くんは元々ドラマチックな恋に憧れてただろう？　元カレに絡まれていたところを救い出すなんて、それこそすごいドラマチックなシチュエーションだし、同じ性指向同士の方がウマが合うところもあるんじゃないかな。だから俺の不安はちゃんと根拠《こんきょ》がある」

細谷のどや顔に、拓海は少し表情を緩めた。

「確かにドラマチックだったけど、俺が憧れているのはどちらかというと救い出されるヒロインの方です」

そんな頓珍漢《とんちんかん》な心配をするなんて、と思う。でも逆に考えたら、拓海の心配だって細谷にとっては頓珍漢だったのかもしれない。

「なんていうか……慎吾くんに謝りたい気持ちでいっぱいです。双方からお門違《かどちが》いな嫉妬をされて、勝手にあれこれ疑いをかけられて」

「確かに悪いことをしたな」

細谷も苦笑いを浮かべる。

「慎吾には幸せになって欲しいって思ってるんだけど、どうも相手に恵まれないみたいなんだよな」

残念そうに言う細谷の口調からして、慎吾が北村を好きだということは聞かされていないらしい。一瞬迷ったけれど、今それを伝えるのはやめた。細谷とはなんでも話せる関係でいたいが、それとはまた別の感情で、拓海にとって慎吾は大切な相手だ。慎吾自身が話していないことを、本人の許可なく伝えるのは、仁義にもとると思った。

自分にできることがあったらしたいけれど、多分今は見守るしかできない。

再び肩を並べて歩き出しながら、細谷はひんやりとした夜の空気の中でそっと拓海の手を握ってきた。

「会いたかった」

息をするみたいに自然に言われて、また涙腺が緩みそうになった。拓海は細谷のがっしりとした手をぎゅっと握り返した。

「……俺もです」

ずっと憧れていたロマンスは、美しく夢見心地なばかりではなかった。些細《ささい》なことでやきもちをやいて自分の中の醜《みにく》さに落ち込んだり、すれ違ったり、いい歳をして何をやっているのかというみっともなさで。

でも、そんなことすら愛おしかった。

ずっと一人で生きてきて、やきもちをやく相手も、やいてくれる相手もいなかった。ばかばかしいほどくだらないことも、全部嬉しい。

ずっとずっと一緒にいたら、もうこんな小さなことでドキドキしたりきゅんきゅんしたりしなくなるのだろうか。今はそんなことは想像もつかないけれど。

でもきっと何年たっても、星空のきれいな秋の夜にこうして手を繋いで歩いたことは忘れないし、情景と対《つい》になってこのときめきを思い出すだろう。

特に申し合わせたわけではないが、細谷はあたりまえのように自宅に帰る拓海と一緒の電車に乗った。

人目のある電車の中ではさすがに手は繋げなかったけれど、言葉を交わさなくても、心が繋がっていることが感じられた。自分が触れたいと思っているのと同じように、細谷も触れたがってくれていることが、うぬぼれではなく、その視線や気配で感じ取れた。

玄関に入るやいなや、表面張力に耐えていたコップから水が溢れ出《あふれだ》したかのように、細谷は拓海にくちづけてきた。いや、溢れるどころか、コップが倒れたくらいの勢いだった。

「んっ……」

身体中が甘く痺《しび》れ、拓海は夢中になって細谷にしがみつき、甘いくちづけを受け入れた。

玄関ドアに拓海の身体を押し付けた細谷は、スーツの上着の中に手を入れ、荒々しい手つきでワイシャツを引き出して、素肌に触れてくる。

「待って……シャワーを……」

「じゃあ、一緒に浴びよう」

キスを交わしながら、廊下に点々と服を脱ぎ捨て、バスルームになだれ込む。狭い浴室は一気に鳥肌が立つほど冷え切っていたが、熱いシャワーの下、くちづけを交わすうちに、もうなにも気にならなくなっていく。

触れ合う素肌がどんどん興奮を押し上げ、もどかしいほどの昂ぶりに、拓海は細谷にしがみついた。絡み合った下半身で、細谷のものが硬く腿《もも》を押し返してくることに深い歓びを覚える。

細谷に喜んで欲しい、気持ち良くなって欲しいという情動がこみあげて、床に跪《ひざまず》こうとすると、とんと肩を押され、浴槽《よくそう》のふちに座らされた。

膝を開かれ、その前に細谷が屈みこんでくる。

「待って、俺がするから……」

焦って押し退《の》けようとする拓海の手を、細谷がやんわりと拒《こば》み、冷たい床に膝をついて、上目遣いで拓海を見上げてくる。

「してもらうのも魅力的だけど、俺は拓海くんのをする方が好きなんだ」

そう言われてみれば、いつも拓海がしようとしてもはぐらかされ、細谷に一方的にされてしまうことの方が圧倒的に多い。

「や……でも……」

愛されているとちゃんと頭ではわかっている今でも、元々ノンケの細谷の前に、自分の男の部分を晒《さら》すことに気後れを感じてしまう。ノンケなのにゲイの自分を好きになってくれた細谷に対して負い目があって、少しでもそこを意識させずに細谷に満足して欲しいと思ってしまう自分がいる。そんなことを口にしたらきっと細谷は気を悪くするから、はっきりそうとは言えないのがもどかしい。

「恥ずかしがらないで」

それを羞恥と理解して、細谷はそこを隠そうとする拓海の手をそっと掴んで引き剝《は》がす。

確かに恥ずかしさもあった。性別など関係なく、好きな相手の前で自分の興奮を晒すのはなんともいえず恥ずかしい。

シャワーに濡れて乱れた細谷の前髪が色っぽい。その顔が自分の興奮に近づき、唇がそこに触れると、電気が走ったみたいに感じてしまい、腰が震えた。

「あぁ……」

「もう濡れてきてる」

「やっ……」

久々すぎてあっというまに昂ぶってしまう自分が恥ずかしくて、また無意識に手が伸びてそこを隠そうとしてしまう。

「拓海くんが感じてぐずぐずになっていくのを見てると、俺もすごく興奮する。だから隠さないで」

細谷の熱い舌が拓海の指の間からそこを刺激してくる。一緒に指の股《また》まで舐められて、より一層感じてしまう。

「あ、あ……っ」

身体がふらつき、拓海は自分のものから手を放して浴槽のふちをぎゅっと摑んだ。細谷はぐっと深く拓海のものを咥《くわ》え込《こ》み、敏感な裏側を舌でくすぐってくる。

前にも後ろにも身動きが取れず、拓海は足の裏がつりそうなくらいに足指を反《そ》らせて快感をこらえる。

「ダメ、離して、いっちゃうから……ぁ……」

幹に指を添え、唇と舌で容赦《ようしゃ》のない愛撫を加えられて、拓海は甘ったるい鼻声で喘《あえ》ぎながら頂点を極めた。シャワーの湯気がたちこめた浴室で、見下ろす細谷のつむじがぼやける。ふわっと貧血になるくらいの快感だった。

「ふぁ……あ……あ……」

「気持ちいい？」

拓海が放ったものをこともなげに飲み下し、細谷は上目遣いに訊ねてくる。

拓海はぐらぐら揺れる上半身を、浴槽のふちにしがみついて必死で支えながら、小さく何度も頷いてみせた。

「もっとたくさん気持ちがいいことしよう？」

もはやぐずぐずの拓海の身体を抱き寄せてバスルームを出ると、細谷は拓海をバスタオルでくるみ、自分も雑に水気を拭《ふ》いて、寝室へと拓海をいざなった。

放り投げるようにベッドに押し倒され、細谷が覆いかぶさってくる。

今さっき達したばかりの場所は、細谷の素肌に触れるとまたはしたなく熱を取り戻していく。そこを左手であやしながら、細谷は拓海のうしろにローションを垂《た》らして慣らしていく。

「あ、あぁ……」

興奮が前のめりになって、拓海はベッドの上で髪を打ち振った。

「ねえ、もう……いいから、早く……」

激しい喉の渇《かわ》きのように、細谷が欲しくてたまらなくなる。

「ダメだよ。久しぶりだから、まだきつい」

「や、平気だから……ぁ、あぁ……」

前を愛撫するのと同じリズムで、二本の指がうしろを出入りする。細谷とのセックスは初めてのときから頭がヘンになるくらい拓海を感じさせるけれど、今日はさらに身体と心の感度があがっていた。

「ダメ、ダメ……ん、や、や……ぁ……」

快感を制御できずに二度目の頂点を極めてしまい、細谷の指を咥え込んだままがくがくと身体を痙攣《けいれん》させた。

「ゃ……細谷さんが……挿《い》れてくれないから……あ……」

感じやすい自分が恥ずかしくて、半泣きで細谷のせいにすると、細谷は官能の宿った瞳で微笑み、やさしくキスをしてくれた。

「たまらないな、拓海くんの蕩けた顔」

「あ……ん」

さらに指の数を増やされて、まだヒクヒクと震えていた腰が、きつく細谷の指を締め付ける。

「やぁ……っ、ねえ、もうや……はやく……」

細谷にされたら、指でだって何度でもいってしまう。でも繋がりたい。細谷が一緒に気持ち良くなってくれると、何倍も何十倍もよくて、いつも生きていてよかったと思う。

自分を見つめる細谷の目に、欲情が宿っていることがたまらなく嬉しい。こういうことをこみで愛されているのはこのうえもなく幸せなこと。

魅入《みい》られたようにその目を見つめながら、細谷を受け入れるために無意識に膝を開くと、細谷が片方の膝頭《ひざがしら》に手をかけ、拓海の身体をうつ伏せにしようとする。

いつも拓海がその体位を望むから、そちらの方が負担が少なくて感じやすいと思っているのだ。

拓海は本能に操られるようにイヤイヤと首を振り、向かい合った体勢のまま細谷に手をのばす。

細谷が気遣うように眉根を寄せる。

「こっちでいいの？　うしろからの方がラクなんじゃない？」

「ちがう……うしろからの方が、いろいろ見えないから、細谷さんが興ざめしないかと思って……」

快感が理性を凌駕《りょうが》して、いつも口にしないようにしていた本音が勝手にだだ漏れてしまう。

見おろしてくる細谷の眉間《みけん》にしわが寄る。

「……興ざめ？」

「……向かい合ってしたら、俺が男だって、イヤでも意識するって思ったから……。でも、細谷さんがイヤじゃなかったら、前からして」

数秒無言で拓海を見つめていた細谷は、撫でるような優しさで、拓海の頬を軽くたたいた。

「そんな理由だってわかってたら、最初からこうしてたのに」

細谷は拓海の膝を荒々しく割ると、ぐっと身体を進めてきた。

「あ……」

頭のてっぺんから声が出て、拓海は背筋をのけぞらせた。

細谷に視線を絡めとられたまま、ぐっと奥まで貫かれる。

挿入の快感を宿した細谷の表情を、こうして正面から見るのは初めてだった。そして、こんなふうに見つめられながら貫かれるのも。

見ている、見られていることで、興奮はより膨れ上がった。

「あぁ………！」

立て続けに二回もいったあとなのに、また激しい快感がこみあげてきて、拓海のものが腹の上でゆらゆら揺れる。

細谷の視線もそこに移動した。

細谷の目から隠したいのと、もどかしい快感に自分の手で決着をつけたいのとで、自分のものに手をのばそうとしたが、その手は途中で細谷につかまり、恋人繋ぎで身体の両脇に押さえ込まれた。

「や……なんで……」

「ダメだよ。今度はこっちでいって」

奥を突かれながら甘くかすれた声で言われて、全身がぞくりと震えた。

「いくところを、ちゃんと見せて」

「あ……」

拓海のすべてを細谷は見ている。薄い筋肉のついた平らな胸。硬く反り返った性器。

本来ならばノンケの細谷を歓ばせるはずがない自分の身体なのに、拓海の奥を穿《うが》つ細谷のものは、ぐっと硬さと質量を増していく。

いつもは快感を言葉で伝えるのが苦手な拓海だが、自分を穿つ細谷の顔が官能に甘く蕩ける

のを見上げていたら、自然と言葉がこぼれた。

「……奥、すごい……」

「……ここ?」

的確にこすりあげられて、拓海は甲高《かんだか》い喘ぎ声をあげた。

「あっ……」

「俺もすごくいいよ」

お互いの快感に煽《あお》られて、快楽のボルテージはどんどんあがっていく。

「……どうしよう。よすぎて拓海くんを壊しちゃいそうだ」

「俺も……すごいじんじんして、また……あ、あ……」

「かわいいね、拓海くん」

たまらないというようにキスされると、結合がぐっと深まって、もうこれがマックスだと思っていた快楽にさらに上があることを知らされる。

「あぁ……細谷さん、ねえ、好き、大好き……」

「愛してる」

吐息とともに囁いて、細谷が荒々しく腰を打ち付けながら拓海の中で達する。

「あ、あ、あ……」

拓海は関節が白くなるほど細谷の手をぎゅうぎゅうと握って、深い絶頂を極めた。

6

拓海《たくみ》がまだ眠っている間に、細谷《ほそや》は冷蔵庫の食材を拝借《はいしゃく》して簡単な朝食を作った。パルメザンチーズたっぷりのオムレツと、マスタードを効かせたハムとトマトのサンドイッチ。どちらも拓海の好物だ。

出張明けの残業続きで少々疲れていたはずなのだが、今は全身にエネルギーがみなぎっている感じがする。

昨夜の拓海は殺人級のかわいさだったと、細谷は一人思い出して頬を緩める。今までうしろからしかさせてくれなかった理由を知って驚いたが、細谷の愛情を信じてきちんと正面から抱かせてくれたことには感激した。

いつもは感じてもなかなか言葉にしてくれないシャイな拓海が、何度も快楽を口にしてくれたのも嬉しかったし、頂点を極めるときの快感に耐える表情は、たまらなく色っぽくてかわいかった。

結局一度では終わらず、三回も抱いてしまい、最後の方は拓海は中でいきっぱなしで、意識が半分飛んでいた。

「……がっつきすぎて、ひかれてないといいけどな」

コーヒーを淹《い》れながら、ぼそっとひとりごちる。

だが、そんな意識朦朧《もうろう》状態でも、ずっと自分にしがみついて、うわごとのように「大好き」と言い続けてくれた拓海を思い出すと、またあらぬところに力がみなぎりそうになる。

自分がこんなに絶倫《ぜつりん》だったなんて、三十二年生きてきて初めて知った。

漂《ただよ》うコーヒーの香りで目を覚ましたのか、寝室のドアから拓海がそろりと顔を出した。

「……おはようございます」

声が少しかすれているのは、昨夜喘がせすぎたせいだろうか。足元もやや覚束《おぼつか》ない感じがする。

昨夜の余韻《よいん》を引きずったそんなすべてがたまらなく愛おしくて、細谷はやかんをコンロにおろして、拓海を迎えに行った。

「おはよう」

抱きしめると、拓海は細谷の腕の中でぎゅっと身体を硬直させた。

「あの……」

「ん？」

「俺……昨夜いろいろ……あの……理性が飛びすぎて……呆れられてないかなって……」

感じまくって意識を失うように眠りに落ちたことを恥じ入るようにか細い声で言う。

同じようなことを心配していたのがおかしくて、もっと拓海が愛おしくなる。

「まさか。すごくかわいかったよ」

寝癖《ねぐせ》のついたつむじにキスをする。

「俺の方こそ、がっついちゃってごめんね？」

細谷が言うと、拓海は細谷の肩口にすりっと額をすりつけてきた。

「……嬉しかったです」

ああ、もう。なんなんだよ、このかわいい生き物は！

細谷は朝に似つかわしくない衝動を、理性でぐっと抑え込んだ。

「ちょうどごはんができたところだから、一緒に食べよう？」

拓海は素直にローテーブルの前に座る。オムレツを一口食べると、重たげだった瞼がパッと開く。

「おいしい！」

「よかった。拓海くんの好きなチーズ入りだよ」

拓海は眉を八の字に下げる。

「いつも細谷さんにしてもらうばっかだから、俺ももっと色々できるようにならないと」

「この前、拓海くんが作ってくれたいなりずし、すごくおいしかったよ」

細谷が言うと、拓海は一瞬固まり、それからいきなり両手に顔を伏せた。

「ごめんなさい！」

「え、どうしたの？」

「細谷さん、紅しょうがが効いてておいしいって言ってくれたけど、あれは慎吾《しんご》くんのアイデアだったから、細谷さんが褒めてくれたとき素直に喜べなくて……自分の心の狭さにドン引き……」

拓海は本気でしょげているようだが、細谷はむしろ嬉しくなってしまう。

見た目は凛々《りり》しくクールな青年なのに、自分の前ではやきもちやきのかわいい恋人。最高じゃないか。

細谷は拓海の顔を起こした。

「拓海くんが作ってくれたなら、わさび入りでも、辛子《からし》入りでも、全部おいしいと思うよ」

バカップルの彼氏みたいなことを言っているなと自分でも思ったが、そんなことすら楽しい。

拓海ははにかんだような困ったような目で細谷を見る。

「細谷さん、俺を甘やかしすぎだよ」

「いや、まだまだ甘やかし足りないよ。今日は何をして過ごす？　拓海くんの行きたいところ、どこでもつきあうよ。二人でゆっくりデートするのも一ヵ月ぶりだしね」

「でも忙しくて疲れてるでしょう？」

「ぜんぜん。昨夜拓海くんにたっぷりエネルギー充塡《じゅうてん》してもらったから、すごく元気」

その昨夜のことを思い出したのか、拓海の頰がうっすら赤くなる。それを隠すように、拓海は隣にいる細谷の肩口に顔を埋《うず》めてきた。

「……なんでもつきあってくれるなら、一日中こうしていてもいい？」

本当にかわいいなぁと、細谷は恋人の背中に腕を回す。

「もちろん。……ハグだけじゃ済まないことになるかもしれないけど、それでもよければ」

顔は隠していても、丸見えのうなじが赤く染まっているのは隠せない。

拓海はくぐもった声で「それでもいい」と言った。

幸せな日曜日の時間は、ゆっくりと流れていった。

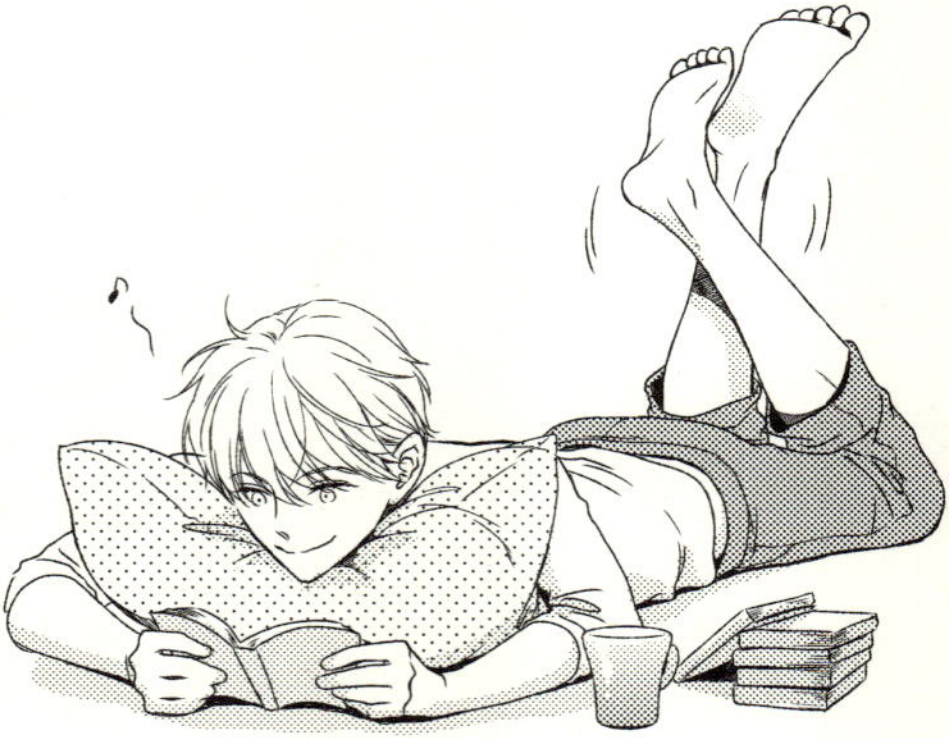

これも運命の恋だから

1

なんだか今夜はやけに冷えるなと思いながら駅の自動改札を通り抜けようとした北村《きたむら》は、自分が上着を着ていないことに気付いた。どうやら先ほどまで鍋《なべ》パーティーをしていた慎吾《しんご》の部屋に忘れてきてしまったらしい。

どうしよう、と一瞬悩む。駅から慎吾のマンションまでは歩いて二十分ほどかかる。一方、このまま電車に乗ってしまえば、北村の部屋は最寄駅から徒歩五分だ。

寒いし、ほろ酔《よ》いで眠いし、上着はこのまま慎吾に預かっておいてもらい、次に会うときに引き取ろうか。

一応、連絡だけしておこうと、北村は改札の脇によけて携帯を手に取った。慎吾はすぐに電話に出た。

『やっほー、北村さん。ちょうど今、こっちからかけようと思ってたとこ』

「もしかして上着のこと？」

『そうそう。うっかり屋さんだね、北村さんは』

いつも明るく元気な慎吾の声は、耳に心地よい。

『鍵《かぎ》、開けておくね』

当然今から取りに来るものと思っている口調だ。

「いや、もう駅まで来ちゃったから、次回まで預かっておいてくれる?」

慎吾のことだから、すかさず『保管料は一日千円ね!』とでも返ってくるのではないかと思った。だが、予期したタイミングより、慎吾の返しは一拍遅れた。

『え、くれるの? ラッキー。明日会社に着ていっちゃおう』

返しの内容は想像と似たり寄ったりだったが、そのほんの一秒ほどのタイミングのずれが、どういうわけか北村の気を変えさせた。

「いや、やっぱり取りに行くよ。寒いし」

『なんだよー、せっかくせしめようと思ってたのに』

口調は文句のようだが、声音は明るい。

電話を切ると、北村は終わり支度《じたく》を始めていたチェーンの洋菓子屋に飛び込んでケーキを買った。鍋のあとで慎吾が甘いものを食べたがっていたのを思い出したのだ。

来た道を引き返しながらふと、ゲイの男友達の家にケーキ持参で向かう自分というのも不思議なものだなとしみじみ思う。

自分と違う性指向に偏見《へんけん》などは一切持っていないつもりだが、なんの抵抗もないといえばうそになる。やはり理解しがたさは感じる。

だが、慎吾とは初めから気安い友達づきあいをしている。それは細谷《ほそや》からそういう身内がいると以前から聞かされていたうえでの対面だったからだろう。細谷は同性の目からみても実にいいやつで、細谷が弟同然にかわいがっている身内というだけで、北村が心を許すには充分だった。

初めて会ったのは二年前の夏だった。失恋で落ち込んでいる従弟《いとこ》と花火を見に行くという細谷に、北村が無理矢理同行したのだ。

細谷の従弟だというから、大柄《おおがら》でがっしりしたタイプを想像して、押し倒されたらどうしよう、などと失礼な不安をちょっとだけ抱《いだ》いていたが、姿を見せた慎吾は、細谷とはまったく似ていなかった。小柄でほっそりとして、顔立ちも柔和《にゅうわ》で、そこらの女の子よりもよほどかわいらしいルックスをしていた。それでいて、性格はあっけらかんと明るい。

北村も慎吾もさばさばとした人懐っこい性格なので、すぐに打ち解けた。それ以降、時々細谷と三人で食事や飲みに行くようになり、ときには細谷抜きで慎吾と二人で映画を見に行ったりもしている。

あんなにかわいらしくて性格もいいのに、慎吾はしょっちゅう失恋ばかりしていて、もう慣れっこだからか不思議と悲壮感《ひそうかん》のない失恋話の聞き役になるのが常《つね》だった。

友達づきあいするうえで、慎吾の性指向はまったく気にならなかった。慎吾の恋愛相手はいつもほかにいる。ならば別に普通の友達となんの変わりもない。

いつも明るく、空気を読むのがうまい慎吾は、実につきあいやすくて楽しい相手だった。あんなにいい子なのに、どうして恋愛はうまくいかないのだろうか。

噂《うわさ》の恋活パーティーで出会った彼氏も、実は既婚者のDV男だったというし、恋愛運の良し悪《あ》しって本当にあるものなんだなと思う。

そのDV男から逃《のが》れるため、慎吾はここ半月ほど、細谷の恋人の山崎《やまざき》の部屋に避難していた。どうやらもう大丈夫そうだということで、今日は久しぶりに自分の部屋に戻り、それに合わせて四人で鍋を囲んだのだった。

晩秋の夜空は澄み渡り、こんな街中でも星がいくつも見える。アルコールのぬくもりも醒《さ》め始《はじ》め、いよいよ冷えてきた身体を両手で抱くようにしながら慎吾の部屋の前まで到着し、熱いお茶でも飲ませてもらおうかななどと考えながら、ドアノブに手をかけた。

電話で言っていた通り、鍵は開いていた。

「ただいまー」

おふざけの挨拶《あいさつ》を口にしながらドアを開いた北村は、目に飛び込んできた光景に固まった。

狭《せま》い玄関先で、慎吾が見知らぬ男に組み敷かれている。頭上まで引き上げられた上衣に両腕の動きを封じられた状態で、上半身は丸裸にされ、下衣のスウェットもずりおろされて、淡い茂みが見えている。

そこに覆《おお》いかぶさった男が、職場の制服らしい作業着の股間《こかん》から露出《ろしゅつ》させた赤黒いものを慎吾の腹や下腹部にこすりつけている。

予想外の事態に、一瞬、理解が追いつかなくなる。もしかして、俺、お邪魔だった？ と思ったとき、慎吾と目が合った。その目は完全に怯《おび》えきっていた。

その瞬間、怒りがぐわっとこみあげてきた。

自分と同じように固まっている男の尻《しり》を力いっぱい蹴りつけた。狭い玄関で、男が壁にぶつかり、スリッパラックが大きな音とともに倒れる。

「おまえかよ、このストーカー野郎が！」

北村は男の背中を土足で踏みつけにすると、携帯を取り出して警察に通報しようとした。だが、火事場の馬鹿力で北村をはねのけた男に携帯を弾《はじ》き飛《と》ばされる。

北村が携帯を拾う隙に、男は玄関から逃げ出した。

「おい！　逃がすかよ！」

激情のまま、すぐにあとを追おうとしたが、「北村さん」と、か細い声で呼び止められた。

振り返ると、慎吾がふるふると首を横に振る。

「へたに追いかけたりすると危ないから」

半殺しにしなくては気が済まないと思ったが、こんな状態の慎吾をおいてはいけないと思い直した。それに今のが噂の元カレならば、身元は割れているはずだ。

「大丈夫？」

北村が声をかけると、慎吾は「ぜんぜん平気」と笑みを浮かべてみせたが、よほどの恐怖だったのか、手が震えてなかなかスウェットを引き上げられずにいる。男の裸になどまったく興味のない北村だが、今、目の前で性的欲求の餌食《えじき》にされていた身体だと思うと、見てはいけないものを見てしまったような気持ちになった。下腹部が男の体液でぬらぬら濡れているのを見ると、湧き上がる怒りで腹の底が熱くなった。

壁際に北村の上着が落ちている。おそらく来訪者を北村だと思って上着を手に出てきて、あいう状況になったのだろう。

北村の視線に気付いたらしい慎吾は、そちらに手をのばしかけて、ひっこめた。

「ごめん、上着、僕が触ると汚れちゃうから、持って行ってもらえる？」

北村が上着を摑むと、慎吾は弱々しく微笑《ほほえ》んだ。

「とんだところを見せちゃってごめんね。助けてくれてありがとう。帰り気をつけて」

こんな状況でなにごともなかったかのように振る舞うのが逆に不自然で、慎吾の動揺を物語っている気がした。北村は自分の上着を半裸の慎吾を覆うようにかぶせた。

慎吾は驚いたように目を見開く。

「汚れちゃうよ！」

北村はその抗議を無視して、一旦《いったん》あがりがまちにおりるとドアを施錠《せじょう》し、靴《くつ》を脱いだ。それから腰が抜けたように身動きできなくなっている慎吾を抱き上げた。

「うわ」

慎吾は驚いた様子で北村の首にしがみついてくる。想像していたよりも軽い身体をソファまで運んでそっとおろすと、明かりの元で北村は慎吾の顔を検分した。

「怪我は？　大丈夫？」

右頬がうっすら赤くなっているのは、どこかにぶつけたのか、平手打ちでもされたのか。身体にも傷をつけられたりしていないか心配だが、そこはじろじろ見てはいけない気がして、本人の自己申告に任せるほかない。

北村の心配の意味を悟ったらしく、慎吾は小さく微笑んだ。

「未遂《みすい》だったから大丈夫。それに、もしなにかされたとしても、別に初めてってわけでもないし、妊娠《にんしん》もしないし、全然平気」

「そういう問題じゃないだろう！」

つい声を荒らげてしまうと、慎吾はビクッと身をすくませた。北村に気を遣《つか》わせまいとわざと気丈《きじょう》に振る舞っているが、見せかけとは裏腹に相当ナーバスになっているのだろう。

「……ごめんなさい」

「いや、こっちこそ」

慎吾は北村の上着の下でごそごそと身づくろいをして、立ち上がった。

「みーくんに引き続いて北村さんにまで、迷惑かけちゃって本当にごめんなさい。あの、上着はちゃんとクリーニングして返すから」

「捨てちゃっていいよ」

着るたびにあの光景を思い出しそうできっぱりそう言ってしまってから、今の言い方では慎吾を傷つけたのではないかと思い、すぐに言い添えた。

「デザインも古いし、そろそろ買い替えようと思ってたんだ。そうだ、新しいのを買いに行くときつきあってよ。慎吾くん、センスいいし」

なるべくやわらかい口調を心がけて言うと、慎吾の表情が少し和《やわ》らいだ。

和らいだということは、やはり普段とは違ってかなり気を張っていたのだろう。なんとか気持ちを落ち着かせてやりたいと思い、ふと、手土産《てみやげ》のことを思い出した

「あ！」

急に北村が大声をあげたので、慎吾はビクッと身をすくませた。

「ど、どうしたの？」

「ちょっと待ってて」

玄関にいってみると、ラグの片隅にケーキの箱が落ちていた。運よくちゃんと持ち手が上になっている。

リビングに持っていって広げてみると、トッピングの栗《くり》が隣のタルトの上におちていたり、

チョコレートケーキのクリームがへしゃげていたりしたが、思ったほどの惨状《さんじょう》ではない。

「慎吾くんと食べようと思って買ってきたんだけど、なんとかぎりぎりセーフな感じ」

箱の中身を見せると、慎吾の表情はさらにリラックスしたものになった。

「とりあえずシャワーを浴びておいでよ」

北村が勧めると、慎吾は頷き、それから時計に目をやった。

「北村さん、時間大丈夫？　僕はもう平気だし、今度こそちゃんと戸締まりするから、帰って大丈夫だよ」

終電の時間を気にしてくれているらしい。だが、あんなことのあとに慎吾を一人残して帰るなんて、北村の方が落ち着かない。

北村は慎吾にいたずらっぽく笑ってみせた。

「ケーキを独り占《じ》めしようとしてもダメだよ。一人二個ずつだからね」

慎吾はぱちぱち瞬《まばた》きして、それから小さな声を出して笑った。

「わかった。猛ダッシュで浴びてくる」

そう言った割に、慎吾の風呂は意外に長かったが、おかげで北村も気持ちを落ち着けることができた。

しばらくして風呂上がりのいい匂《にお》いをさせて戻ってきた慎吾も、さっきまでの作り笑顔ではなく、限りなくいつもに近い表情になっていた。

慎吾がお茶を入れてくれて、二人でケーキを食べた。

あんなことのあとで食べるのかなと心配になったが、慎吾はあっという間に二つのケーキを平らげたのでほっとした。

お互いの気分が落ち着いたところで、北村は切り出した。

「さっきの件だけど、ちゃんと警察に被害届を出した方がいいよ」

「大丈夫だって。実質的な被害はなかったわけだし」

北村は目を瞠《みは》る。

「なに言ってるんだよ。さっきのは完全に犯罪だろう。しかもこれが初めてってわけじゃない」

慎吾は困ったように微笑む。

「北村さんにもみーくんにも迷惑かけて、本当に申し訳ないって思ってるけど、僕は大丈夫だから」

いったいなにが大丈夫なのか北村には理解できない。恋愛関係のもつれに慣れっこの慎吾には、こんなことは日常茶飯事《さはんじ》なのだろうか。それともあんな男でもまだ未練があってかばっているのか。

だが、現場を目撃してしまった北村としては放ってはおけない。

「とりあえず細谷に相談して、今後のことを話し合おう」

北村が携帯を取り出すと、慎吾が北村の手からそれを奪い取った。

「待ってよ。たっちゃんは今頃みーくんと久しぶりに楽しい時間を過ごしてるだろうから、邪魔したくない」

それは確かにそうかもな、と、細谷と山崎の『楽しい時間』を想像しそうになって、北村は慌てて頭を振った。それから慎吾に向き直る。

「慎吾くん、あのストーカー男に未練があるの？」

「まさか」

慎吾は即答した。

「だったら、どうして出るところに出ないで庇《かば》うんだよ。そりゃもちろん、男同士の痴情《ちじょう》のもつれを警察で話すのは気が重いかもしれないけど」

慎吾は気まずげに視線を伏せる。

「そういうことじゃなくてさ、あの人にも家庭があるわけで、事を荒立てて僕のせいでそれを壊すのは申し訳ないなって」

相手が妻帯者だと知って、慎吾はすぐに別れを切り出したと言っていたから、相手の家族に対する気遣いを慎吾が持っているのは確かなのだろう。だが、それも時と場合による。

「ねえ、慎吾くん。伴侶《はんりょ》の浮気に関しては、知らない方がいい場合だってもちろんあると思う。でも、あの男のやっていることは『浮気』なんていうかわいいものじゃない。このまま放置しておけば、いずれ向こうの家族も悲惨なことになると思うよ」

慎吾ははっとしたように視線をあげた。

「それに、きみがそうやって許すことが、あいつの行動をエスカレートさせているんだと思う。それはあいつのためにもならない」

おためごかしを言ってみるも、ストーカー男やその家族のことなど、北村にとっては正直どうでもよかった。そういう言い方をした方が、慎吾を説得しやすいと思っただけだ。

「このまま放置しておけば、例の恋活パーティーを使って次の被害者だって出るかもしれないよ」

じっと考える顔になって、それから慎吾は頷いた。

「……そうか。そうだよね。僕なんか別にどうなってもいいやってどこかで思ってて、ほかの人のこととか、考えたことなかった」

「どうなってもいいってことはないだろ」

窘《たしな》めると、慎吾はしまったというふうに「あ」とつぶやき、それからおどけて舌を出した。

そんな仕草がひどくかわいい。

こんなに愛嬌《あいきょう》があってかわいくて魅力的なのに、男運が悪いというのが本当に不思議だった。

慎吾が女性だったら、あるいは自分が同性を恋愛対象にできる指向の持ち主だったら、コロッと落ちていただろうにと思う。

もしも俺だったら、こんなにかわいい子に悲しい思いをさせたりは絶対にしないんだけどな。

無意識にそんなことを考えている自分に気付いてハッとする。

いや、あくまで「もしも」の話だ。実際のところ北村は同性愛者ではないし、慎吾は女性でもない。

慎吾は意を決したように北村を見た。

「明日、恋活パーティーのサイトに通報しておく。警察にも相談に行くね」

「その方がいい。俺もつきあうよ」

北村が言うと、慎吾は目を丸くした。

「え、悪いよ、そんなの」

「いいって。のりかかった舟だし」

「……なんか僕、みんなに迷惑かけまくってるなぁ」

慎吾は苦笑いでぼやいて、時計に目をやった。

「うわ、もう完全に終電アウトだね。タクシー代は僕にもたせてね」

財布を取りにいくつもりで立ち上がったのであろう慎吾のトレーナーを、北村は引っ張った。

「いいよ、今夜はここに泊めてもらうから」

「え?」

「もう帰るの面倒だし、あんなことのあとで慎吾くんを一人残していくのも心配だし」

慎吾は一瞬固まり、それからふにゃっと笑った。

「わー、北村さん、ちょー男前！」

「今頃気付いたか」

「そんなに面倒見がよくて男前なのに、どうして彼女できないんだろうね」

「ほっとけよ」

「やっぱ見た目？　たっちゃんとつるむと、どうしても引き立て役になっちゃうからなぁ」

「おい」

軽口にむっとしてみせつつも、慎吾がすっかりいつもの調子を取り戻していることにほっとした。

北村がソファで寝るというと、慎吾は甲斐甲斐《かいがい》しくクッションや上掛けを持ってきてくれた。

それらをセッティングしながら、ふとからかい顔になる。

「ボディーガードのお礼に、彼女いない歴三年の北村さんに特殊《とくしゅ》サービスをほどこしてあげようか？」

完全に冗談なのはわかっていたが、さっき玄関先で見たなまめかしい半裸の姿が脳裏《のうり》をよぎる。慎吾くんならワンチャンありかも、などと一瞬思ってしまい、それを押し隠すために、わざと余裕の笑みを返した。

「残念ながら男じゃ勃《た》たないから、気持ちだけいただく」

「なんだよー。僕、結構うまいよ？」

そんな冗談を言いながら、慎吾は自分のベッドへとひきとっていった。

あんなことのあとで、下ネタを振ってくるくらいだから、まあ慎吾のメンタルは心配ないだろう。

北村にしてみれば、衝撃的な現場だったが、遊び慣れている慎吾にはあの程度のことはままあることなのかもしれない。

だが、だから大したことではないとは思えなかった。あんなことに慣れてほしくないし、慎吾にはもっと穏やかで安定した幸せを手に入れて欲しい。

俺が男もイケる口だったら、大事にするのになぁ。

うとうとしながらまたそんなことを考えている自分に気付いて呆《あき》れる。

ホント俺、なんなんだよ。

多分、このクッションと上掛けのいい匂いのせいだ。かつてつきあっていた彼女の部屋に泊まったときだって、こんないい匂いはしなかった。

ちょっとご無沙汰《ぶさた》しすぎたせいで、おかしくなっているらしい自分に失笑しながら北村は眠りについた。


翌日慎吾に付き添って警察にストーカーの被害届を出しに行った。たまたまマンションの隣人が昨日の騒動を聞きつけ、慎吾の部屋から局部を露出した男が駆け出す姿をスマホで撮影《さつえい》しており、警察は事件としてきちんと対応してくれた。

その後、細谷と山崎にも状況を報告した。細谷は身内として、山崎は同じ性指向の友人として、それぞれに慎吾を心配し、その後もなにくれとなく世話を焼いているようだ。

北村も慎吾とは友人のつもりだし、なにぶんあの現場を目撃したこともあって、今まで以上に頻繁《ひんぱん》にＬＩＮＥや電話をして、慎吾の様子を窺《うかが》っている。

警察からの警告を受けて、男のストーカー行為は今度こそ収束《しゅうそく》したらしい。慎吾が強く出ないせいで男は増長していたようだが、実際は小心者で、警告に相当びびっていたらしい。

それでも万が一ということはあるから、北村は週末ごとに慎吾の様子を見に行った。細谷や山崎と一緒のこともあれば、北村一人のこともある。

現在恋人もいない北村は週末はヒマだし、慎吾と遊ぶのは楽しい。

約束通り、服も買いに行った。いいと言うのに慎吾がお詫《わ》びとお礼だと言って支払いをしてしまい、ありがたく着させてもらっている。

晩秋から初冬へと、慎吾が買ってくれたジャケットは大活躍で、会うたびに慎吾は、

「やっぱ似合うね。それ着てると三割増しでかっこよく見えるから、三年ぶりに彼女ができるかもよ？」

などとからかってくる。

頻繁に会うようになると、慎吾は一緒にいて本当に楽しい相手だと改めて感じた。気がきくし、話は面白《おもしろ》いし、こちらの負担になるような言動は一切してこない。

「慎吾くん、いい奥さんになりそうだよね」

土曜日。一緒に映画を見に行ったあとに寄ったダイニングバーで、手際よくサラダを取り分けてくれる慎吾についそんなことを言ってしまい、ちょっと何重にも失礼な発言だったなと言ったそばから反省していると、慎吾は陽気にあははと笑った。

「よく言われる」

「あ、やっぱり？　それなのになんでもっといい相手にめぐり合えないんだろうな」

「んー、理由はわからなくもないんだけど」

意味深に微笑むから「どんな理由？」と訊《き》くと、「秘密」と謎《なぞ》めかれた。

「こう寒くなってくると、なんかやっぱ人恋しいよね」

グリーンリーフをうさぎのようにもぐもぐと食べながら、慎吾がため息交じりに言う。

「懲《こ》りずにもう次に行くの？」

北村が茶化すと、慎吾は苦笑いを浮かべた。

「うーん、ちょっとまだダメージを引きずってるから、当面は北村さんとのデートで我慢する」

「おい。俺は穴埋《あなう》め要員か」

「ふふ。北村さんは彼女つくんないの？」

「俺も今年三十三だしな。そろそろ将来のことを考えないとな」

「これで北村さんに彼女ができたら、僕の周り、リア充だらけで腹立つー」

慎吾はかわいく口を尖《とが》らせ、それからふと目を輝かせた。

「北村さんってどんなタイプの子が好きなの？」

「そうだな。純情で、一途で、俺が支えてあげなきゃって思うような、ちょと儚《はかな》げな子かな」

北村が理想を口にすると、慎吾は失礼にも噴き出した。

「なにそれ、昭和？　いまどきそんな子いないって」

ひとしきり笑ったあと、急に真顔になって身を乗り出してくる。

「ていうかそれ、僕への嫌味？」

「え？」

「完全に僕と真逆のタイプだよね？」

言われてみれば確かにそうだ。次々新しい恋に挑んでいく慎吾は一途でも純情でもないし、アラサーの成人男性には支えも必要ないだろう。

「確かに」

北村が肯定《こうてい》すると、慎吾は膨《ふく》れておしぼりの袋を投げてきた。

「ほら、そういう無神経なところが、彼女ができない原因だって」

「そっちこそだろ」

北村も行儀悪く箸袋《はしぶくろ》を投げ返すが、薄い紙片は空気抵抗を受け、ひらひらと見当違いの方向に着地した。

「ノーコン！」

慎吾はまた笑い出す。

絶え間なくくるくると変わる表情は見ていて飽《あ》きない。

確かに北村の理想とは真逆の相手だが、というかそもそも男という時点で対象外だが、慎吾の表情は身飽きない。

友人として、この顔がこの先曇《くも》ることがないように祈りたい。

俺だったら。俺がそっちもイケる口だったら、絶対に幸せにしてやるんだけどなぁ、などとまた益体《やくたい》もなく思いながら、北村は慎吾のいきいきとした表情に見入った。

2

十二月に入ると、クリスマスやら早めの忘年会やらと、なにかにかこつけて公私ともに飲みの誘いが増え始める。

合コンの誘いもいくつかあった。嫌いではなかったはずなのに、なんとなく面倒くさいなと思うようになった。そんなところに顔を出すくらいなら、慎吾《しんご》の見飽きない表情を眺めながら気楽に飲んでいる方がいいなと思ってしまう。

そんな自分に、ちょっと危機感を覚えた。

いやいや、俺は慎吾くんを心配しているだけだ。あんなことがあったあとだし、慎吾くんだって不安だろうし。

とはいえ、あの一件からもう二ヵ月経《た》っている。ストーカー男も警察からの警告で懲《こ》りたようで、その後一切姿を見せない。

心配というより、むしろ自分が居心地がいいから頻繁に会っているような気がしてきて、これではいけないと、北村《きたむら》は合コンの予定をいくつか入れた。

週末、慎吾から高解像度のブルーレイプレイヤーを買ったから見に来ないかと誘われて、本当に俺は何をやっているんだろうと思いながら、大きな荷物をかかえて慎吾の部屋を訪ねた。

迎えに出た慎吾に包みを渡すと、「なに？」と驚かれた。

「いや、この前、駅ビルの雑貨屋で目が合ってさ。慎吾くんとそっくりだったから、つい買っちゃって」

リボンのかかった大きな不織布の包みの中身は、巨大なリスのぬいぐるみだった。慎吾は歓声をあげ、むぎゅっと抱きしめる。

「なにこれかわいいー！」

「ちょっと早いけど、メリークリスマスってことで」

「ありがとう！」

「なに？」

リスの弾力ある顔面に頰ずりをする慎吾を見て、北村は思わず笑ってしまう。

「いや、ほんとにそっくりだなと思って」

「えー、どこがだよ！」

慎吾はぷんと膨れてみせてから、ふと目を輝かせてからかい顔になる。今日も表情豊かだなと、思わずその顔に見惚《みと》れる。

「でも北村さん、僕にこんなのプレゼントしてくれるなんて、今年も淋《さみ》しいクリスマスだね」

少しも淋しいと思っていない自分に危機感を覚え、やや虚勢気味に言ってみせる。

「いや、まだ可能性は残してる。クリスマスまでに合コンの予定三つ入れてるし」

一瞬、慎吾の表情が固まる。が、それも束《つか》の間、その顔に大仰《おおぎょう》な驚愕《きょうがく》の表情が浮かぶ。

「三つって、めっちゃ焦《あせ》りがにじみ出てるんですけど。てかたっちゃんは連日残業で忙しいって言ってたのに、師走《しわす》に合コン三つって、よほどの閑職《かんしょく》に追い込まれてるの？　リストラ目前？　それでリス？」

相変わらずの減らず口に、

「じゃあ返せよ」

とリスの耳を引っ張ると、

「だめー！」

と予想外の必死さでリスを抱きしめてくる。

「これはもう僕のだからっ！　名前だってもう決めたし！」

「なに？」

「リストラ子」

「……悪意しか感じられないんだけど」

慎吾は楽しそうに笑って、テーブルの上の携帯に手をのばした。

「みーくんに自慢しようっと」

自撮《じど》りしようと携帯を構え、「んー」と眉根《まゆね》を寄せる。

「リストラ子が大きすぎて、画面におさまらない」

「撮ってあげるよ」

見かねて携帯を受け取り、テーブル越しに構える。

むぎゅーっとぬいぐるみと頬を寄せ合う姿が本当に双子《ふたご》のようで、思わず笑ってしまって
シャッターを切る手が震える。

「あ、ブレたかも」

「かわいく撮ってよね！」

「はいはい」

撮り直す前に、今の写真を確認しようと画面を指で操作したら、アルバムが開いた。

そこにずらりと並んだ写真を見て、北村は固まった。

「え……？」

写っているのは、すべて北村だった。

テーブルの向こうで、慎吾がはっと息をのむ気配があった。すごい勢いで立ち上がり、テー
ブルを回り込んできて、携帯を取り返そうとする。

「返して！」

だが、北村は何が起こっているのかよく理解できなくて、しかしなんとか理解したくて、携

帯を慎吾の手から遠ざけながら画面をスクロールした。

この間のダイニングバーの写真。多分、トイレに立った時に隠し撮りしたのだろう。

あのストーカー男の騒ぎの日にこの部屋に泊まったときの、ソファで眠る姿もあった。

さらにもっと以前の、細谷《ほそや》と三人で会っていた頃の写真。細谷と北村と二人で映っているものも、焦点は明らかに北村に合っている。

「返せってば！　なに勝手に見てるんだよ！　北村さん、最低！」

ヒステリックに叫びながら必死で携帯を奪い返そうとする慎吾だが、身長差もあってうまくいかない。

北村は無数の写真を呆然《ぼうぜん》と眺め、それから視線を慎吾に振り向けた。

これっていったいどういうことだ？

目が合うと、慎吾は叫ぶのをやめ、固まった。その顔が、一気に赤みを帯び、大きな瞳がうるうるとなる。

慎吾はぬいぐるみを抱《かか》えて踵《きびす》を返すと、寝室に駆け込んだ。

その姿を目で追い、再び携帯のアルバムに視線を落とす。

……これってあれだよな。つまりそういうことだよな。

なんとなく事情はわかったが、感情がついていかないまま、北村は慎吾が逃げ込んだ寝室へと向かった。

ノックをしたが返事はない。そっとドアを開けると室内に慎吾の姿はなかった。ぐるりと見回すと、クロゼットのドアの隙間から、リスのしっぽが覗いていた。

「慎吾くん？」

そのしっぽを引っ張ってみると、中からすごい力で引き戻された。

「これはダメ！　これだけ置いてって。お願いだから……」

語尾が震えて、どうやら泣いているらしいと気付く。

北村は混乱しながら、「わかった」と答えた。

「リストラ子を取ったりしないから、出てきてよ」

しばしの沈黙のあと「無理」と小さな返事があった。

途方にくれた北村が再度リスのしっぽを引っ張ると、また必死の強さで引き戻される。そしてくぐもった声が返ってきた。

「……謝らないからね」

頑《かたく》なな、ひとりごとのような声だった。

「どうせ、もう二度と会ってもらえないと思うから言っちゃうけど、……最初にたっちゃんに紹介されたときから、北村さんのことが好きだった」

北村は驚きで目を見開いた。

「それって、もう三年も前だよな？」

そんなに長い間、気持ちを押し隠したまま思い続けていてくれたのかと思うと、くらくらとめまいがした。

「……北村さんはノンケだし、絶対に好きになってもらえないってわかってたから、絶対言うつもりなんてなかったのに」

クロゼットごしのくぐもった涙声を聞いていると、胸が痛くなってくる。

「気持ち悪い思いをさせたのは申し訳ないけど、でも、勝手に見た北村さんが悪いんだから、僕は謝らない」

強気にそう言ったあと、「ひ……」とかみ殺すような泣き声が聞こえた。

北村は息が苦しくなって、自分の胸のあたりを右手でかきむしった。

このひりひりするのはなんだ？　嫌悪感？　いや違う。胸やけ？　全然違う。マイナス感情でも身体的不具合でもなくて、なんていうか……切なさ？　そう、それに近い。

愛《いと》おしさ？

そうそれだ。

ようやくしっくりする感情を見つけた北村は、目に入ったまつ毛が取れたときのような清々《すがすが》しさを覚えて、勢いよくクロゼットの扉を開いた。リスのぬいぐるみをぎゅうぎゅうと抱きしめた慎吾が、真っ赤な目をして震えている。

北村を見上げると、慎吾は怯えた表情で嗚咽《おえつ》をかみ殺しながら、さらにきつくぬいぐるみを抱きしめた。

「これだけっ、この子だけください。ごめんなさいごめんなさいごめんなさい……っ」

謝らないと言っていたくせに、慎吾は泣きながら謝罪の言葉を繰り返した。

痛々しくて、愛おしくて、柄にもなく北村まで泣きそうになる。

「ねえ、とりあえず落ち着いて。まず、リストラ子は慎吾くんのものだから、俺は取り返したりしないよ。な？」

慎吾は関節が白くなるほどぬいぐるみをきつく抱きしめながら、何度も頷いた。

「それから、謝るのは俺の方だよ。写真、勝手に見てごめんな？」

慎吾はかぶりを振って、また「ごめんなさい」と言った。いつも元気いっぱいの慎吾がそんなふうに打ちひしがれているのを見るのは胸が苦しい。ましてやその原因は北村なのだ。

「なんていうか……俺、鈍感《どんかん》でごめん」

「……僕が気付かれないようにしてたから」

「だよな？　だって慎吾くん、男を切らさないしさ。まさか俺のこと好きだなんて思いもしなかったよ」

慎吾はぬいぐるみに顔を押し付けて、ぼそぼそと言う。

「だって……北村さんに気持ちを悟られたくなかったし、諦《あきら》めなきゃって思ったし……」

そういうことだったのか。

「だから、罰《ばち》が当たったんだ。ほかに好きな人がいるのに、自分を偽《いつわ》って恋活パーティーに参加して、好きでもない人のことを好きなふりして」

ストーカー男に寛容だった慎吾の気持ちを、今さらながら理解する。本気で好きになれない自分へのうしろめたさもあったのだろう。

ぬいぐるみにすがって、震えながら静かに泣く慎吾を見ていたら、なにかにつけ、俺だったら、と考えたことを思い出した。俺だったら、慎吾くんに悲しい思いをさせないのに、と。

いや、今思いっきり泣かせているけれども。

仮定じゃなくて現実問題として、俺がその場所に立ってもいいってことなんじゃないか？

「そんな秘密主義は返上して、もっと早く言ってくれたらよかったのに」

北村が言うと、慎吾は涙で腫《は》れ上《あ》がった目で恨《うら》みがましく北村を見上げてきた。

「言うわけないじゃん。拒絶されるってわかってるのに。……一生言うつもりなかったんだから」

「決めつけるなよ。好きになっていい子だってわかってたら、俺だってそのつもりで見たよ」

「……え？」

意味がわからないという表情で見上げてくる慎吾を、北村はぬいぐるみごしに抱きしめた。

慎吾の身体がビクっと硬直する。

「うそ……そんなのありえないよ。僕は北村さんの理想の真逆なのに」

「いや、理想そのものだろう？　一途で純情で、思わず支えてあげたくなるタイプ」

そうだよ。どうして気が付かなかったんだろう。陽気な見せかけに隠れた、臆病《おくびょう》で純情な慎吾の本来の姿に。

北村の腕の中で震えていた慎吾は、「待ってよ」と硬い声で言う。

「いちばん根幹の部分で無理でしょう。僕は男だよ？」

「うん。そこについてはまだ自分でも未知の領域だから、試してみないと」

「試す……？」

怪訝《けげん》そうな慎吾の顔に顔を近づける。ぷっくり膨らんだ唇に吸い寄せられるようにキスすると、慎吾の肩が跳ね上がるように揺れた。それを撫《な》でてなだめながら、二度三度、ついばむようなキスをして唇を離す。

「ヤバい」

北村は思わず呟いた。

「なっ、なにを……なにが……」

顔を真っ赤にしておろおろしている慎吾を見ていたら、さらにヤバい気持になってきた。

「全然大丈夫だわ。っていうかむしろ死ぬほどかわいい」

北村が大真面目《おおまじめ》に言うと、慎吾はまたぐしゃぐしゃの顔で泣き出した。

「なんだよ、もう！」

慎吾はぬいぐるみを脇にどけると、北村の胸に直《じか》に身を預けてきた。

女の子のような柔《やわ》らかさはないけれど、慎吾の身体は北村の腕の中にちょうどよく収まった。

今度は触れるだけのお試しのキスではなく、少し濃厚なキスを仕掛けてみる。慎吾の舌はやわらかくて甘かった。性別など関係なくて、愛おしいものは愛おしいのだと北村はすんなり納得した。

相当な場数を踏んでいそうなのに、くちづけに応《こた》える慎吾はぎこちない。吐息《といき》を震わせながら、北村の舌にビクビクと身体を揺らす。

涙が唇を伝い、甘いキスに塩辛《しおから》いアクセントを添えてくる。

「目玉が解けちゃうから、もう泣かないで」

北村が頬を伝う涙を舌で舐《な》めとると、慎吾はくすぐったそうにちょっと笑った。

「やっぱり北村さんってヘンだよ。性指向の壁を簡単に乗り越えすぎ」

口調は非難めいているのに、声は嬉しそうで、泣き笑いの笑顔がひどくかわいい。

その笑顔は、北村のツボを直撃する。

「……本気でヤバい」

「え?」

「慎吾くんがかわいすぎるから、勃っちゃったじゃないかよ」

思わず本音をぶちまけると、慎吾は北村の股間に手のひらをあてがってきて、目を丸くした。

「ホントだ」

一途で純情でも、こういうところが初心《うぶ》な女の子とは違う。そこに興ざめするどころか、逆にそそられた。

「北村さん、ホントに僕で勃つの？　マジで？　え、これなにかの夢？」

そんなことに妙に感激して瞳をきらきら輝かせている慎吾を見ていたら、おかしさと愛おしさが一気にこみあげてきた。

「本能の赴《おもむ》くまま、先に進んでもいい？」

慎吾は眼のふちを赤くした。

「ホントに？　いいの？」

慎吾は感極まった様子で、また瞳をうるうるさせながら、上目遣《うわめづか》いに北村を見つめてきた。

「僕ね、結構上手《じょうず》だと思う。北村さんに、僕を選んでよかったって思わせるから」

慎吾が遠慮《えんりょ》がちに北村のボトムスに手をのばしてくる。

その言動から、なにやら奉仕《ほうし》してくれようとしていることを察して、抗《あらが》いがたい誘惑を感じたが、それを凌駕《りょうが》する強さでなにくそという気持ちになる。

この間のストーカー男を見れば、慎吾が男を虜《とりこ》にするテクニックを持っているだろうことは想像できる。それはきっとたくさんの経験で培《つちか》われたものなのだろうと思うと、なんとなくはらわたが煮えくり返る。

日頃の雰囲気《ふんいき》からしてサービス精神旺盛《おうせい》な慎吾は、好きでもない相手への罪悪感から、より熱心に奉仕したりしてしまうタイプだろう。

そういうのを感じさせられたくなかったし、自分は慎吾から愛情や奉仕を搾取《さくしゅ》する男ではなく、逆にそれらを捧《ささ》げる存在でありたいと思った。

だって、三年も秘めた想いを寄せてくれていたのだ。そんなの、ほだされるに決まっている。

自分が、性別に関係なくかわいいものはかわいいと思える人間だと判明したからには、根が単純な北村にはもう迷いはなかった。

「待って」

ベルトを外そうとする慎吾の手を押し留めると、北村は慎吾の身体をすくいあげて、ベッドの上にそっとおろした。

「わっ」

慎吾が驚いたように声をあげる。北村が上から覗き込むと、慎吾ははにかんだ笑みを浮かべた。

「北村さん、前にも僕のこと姫抱っこしてくれたよね」

そういえば、ストーカー男に襲われた日に、腰が抜けた慎吾をリビングまで運んだっけと思い出す。

「あのとき、すごいドキドキして、嬉しくて、お風呂でちょっと泣いちゃった」

照れくさそうに打ち明ける慎吾に、北村は愛《いと》おしさで身震いした。

あのときはまだ北村は何も知らなかった、あの日。思いのほか長風呂だなと思ったのだが、まさかそんなことだったとは。

こみあげる愛おしさのまま、北村は慎吾の唇を奪った。もう涙の味はしなくて、やわらかい舌はひたすら甘い。

「んっ……」

慎吾の色っぽい喉声に煽《あお》られ、舌を舐め溶かしてしまいそうなほどむさぼりながら、その身体を撫でまわす。女性のような柔らかさを持たない身体が、今は無性に北村の興奮を煽る。

スウェットの前立てに指をかけると、さっきとは逆に慎吾が「待って」と止めてきた。

「僕にさせて？」

快楽に潤《うる》んだ目で懇願《こんがん》してくる。

北村は慎吾の瞳を見つめながら訊《たず》ねた。

「俺のこと、好き？」

パッと慎吾の頬に朱が散り、目が泳ぐ。

「……言ったじゃん、さっき」

普段は必要以上に饒舌《じょうぜつ》な慎吾が、柄にもなく照れている様子は殺人的にかわいい。

「じゃあ、その慎吾くんの好きな男が、したいようにさせて」

北村は慎吾のTシャツをめくりあげ、ボトムスを引き下ろした。

薄い筋肉がのった白い肌と、興奮の兆《きざ》しを見せている慎吾のものに、欲情を煽られる。

男か女かなんて関係なしに、愛おしいと思う相手の身体や性器には、単純に興奮するものなんだなと思う。

露出したものを愛おしむように手のひらで包むと、慎吾は「あぁ……っ」と耳が勃起しそうななまめかしい声をあげ、それから自分の声に焦ったように視線をそらした。

「かわいい」

思わず呟くと、慎吾はよほど恥ずかしかったのか、頬を赤らめながらも、いつもの軽口の叩き合いを装った口調で返してくる。

「それってまさか、サイズのことじゃないよね？」

「うん、サイズもかわいい。小柄な慎吾くんにちょうどいい」

「普通だよ！　マックスはもっと大きくなるし」

「どれどれ」

からかい口調で大きくするための刺激を与えると、慎吾は甘い悲鳴をあげて腰をはねさせ、北村を睨《にら》み付《つ》けてきた。

「人のものをバカにして、北村さんが僕より小さかったら、めっちゃ笑ってやるからな！」

「見る？」

北村は自分のボトムスの前立てをくつろげ、窮屈《きゅうくつ》なものを解放した。

ファスナーの奥から飛び出したものを見て慎吾は目を瞠る。頬がさらに赤くなって、悔しげに唇を尖らせる。

「なんだよ、それ。絶倫《ぜつりん》！　ケダモノ！」

「えー、ひどくない？」

「ひどくない。褒《ほ》め言葉だよ」

「褒められてる気がしないんだけど」

「じゃあ馬並み！　それに僕なんか相手にフル勃起とか変態！」

「だーかーらー、それ褒め言葉じゃないって。なんだよこの色気のない会話」

失笑してみせつつも、慎吾が照れ隠しで色々言っているのは、その真っ赤な顔でわかるから、興を削《そ》がれるどころかむしろ興奮する。

「……ねえ」

慎吾はチラチラと北村のものに視線を送りながら、かすれた声で懇願してくる。

「やっぱり僕にさせて？」

赤い舌でチロリと自分の唇を湿らせる様子に大いにそそられる。きっと巧《うま》いんだろうなと思う。

だが北村はきっぱりと拒否した。

「今日のところはダメ」

「なんで？　絶対よくしてあげるから」

懇願する慎吾のものを、逆にこすりあげて喘《あえ》がせる。

「うん、きっとものすごくいいと思う。だからだめ」

「なんだよ、それ、あ、あ……」

「したがればしたがるほど、させてあげないプレイ」

「やぁ……意味わかんない……」

さしたる技術もない北村の愛撫に、慎吾は身を震わせて感じている。先端が潤んできたので、指の先でその潤みをぬるぬると撫でつけるようにしたら、慎吾は腰を揺らして、「ダメっ……」と小さな悲鳴をあげた。

声に被《かぶ》さるように、達して白濁《はくだく》をまき散らす。

「あん、あ……っ」

慎吾が射精する姿に、まだなにもしていないのに自分も引きずられそうになり、それをごまかすために、わざと余裕っぽくからかいを口にする。

「百戦錬磨《れんま》なのに、早いよ」

慎吾はまだ腰をビクビク震わせながら、決まり悪げに瞬きをする。

「だって北村さんにされてるって思ったら……」

震える声でそんなふうに言われたら、たまらなかった。

「……もうっ、どんだけかわいいんだよ、慎吾くんは」

自分の順応能力の高さに感心しながら、北村は今達したばかりの慎吾のものにそっと唇を寄せた。

「え、なに？　ちょ……や、やっ！」

慎吾は足をばたつかせて、必死で拒もうとする。押さえつけて唇をかぶせると、慎吾は感電したように震えた。

「やっ、ばかっ、北村さんの変態っ」

「おい、ひどいな。慎吾くん、本当に俺のこと好きなの？」

「だって……あっ、やだって……」

初心な反応にそそられつつも、不思議な気持ちにもなる。

「なんだか立場が逆転してないか？　こういうことに関してはこっちは素人《しろうと》で、慎吾くんの方が場数を踏んでるだろ？」

再び硬さを取り戻し始めたものに舌を這《は》わせながら言うと、吐息にさえ感じるといった様子で慎吾が扇情的な悲鳴を漏らす。

「だって、好きな人にこんなことされるの、初めてだからぁ……」

理性の箍《たが》がブチっと切れる音がした。慎吾が二度目の絶頂を迎えるまで、北村は舌と唇で慎吾のものをかわいがり続けた。

「あ、や、やぁ……！」

さっきよりもさらに色っぽい声をあげて、慎吾は背筋をのけぞらす。

立て続けにいかされた慎吾はどんな顔をしていいのかわからないという様子で目を泳がせ、それから急にガバッと身を起こした。

「今度こそ、北村さんの番だからね！」

もはや喧嘩《けんか》を売るような勢いで言う。

「うん、俺の番」

「うわ！」

せっかく起き上がった慎吾を再び押し倒すと、北村は慎吾の尻の狭間《はざま》を指で探った。

「女の子みたいに濡れないけど、ローションか何か使った方がいいのかな」

北村が率直な疑問を口にすると、慎吾は目を見開き、元々赤かった頬をどす黒いほどの深紅に染めた。

「ばっ……ばかだよね、北村さんって！」

「だからさ、なんで俺、罵《ののし》られっぱなしなの？」

「おかしいでしょ！　今さっきまでノンケだった人が、男にフェラとか、いきなり挿入《そうにゅう》とか」

「だって、俺の番だって言ったじゃないか」

「それは、今度は僕が口でしてあげるっていう意味だからっ！」

「それも嬉しいけど、俺は普通に好きな子とセックスがしたい」

慎吾は一瞬息が止まったような顔をした。

「……今なんて？」

「セックスがしたい」

「その前だよ」

「好きな子と」

慎吾は泣きすぎたせいか、感じすぎたせいか、もはや黒目と白目の境が混濁《こんだく》したような目でじっと北村を見つめてきた。

「……僕のこと好き？」

「うん。好きだよ」

さっきちゃんと慎吾の告白に応じた気でいたし、だからこそのこの流れなのだが、大事なことを伝えるのにもったいぶるような性格ではないから、北村は慎吾の目を見てはっきり言った。

「好きだよ、慎吾くん。俺の恋人になってください」

「う……」

もう乾いたと思っていた瞳に、また涙が盛り上がっていく。嬉し涙は北村にとっても嬉しいが、涙の裏に見える今日までの切なさも伝わってきて、やっぱり慎吾にはいつもみたいに元気でいて欲しいと思うから、北村はあえて空気を読まずに下世話に言った。

「だから挿《い》れさせて」

「ばか」

再び罵られたが、声音はやわらかくて甘い。

「……じゃあ、ちょっと待ってて。準備してくるから」

意を決したような慎吾の提案を、北村は即座に却下《きゃっか》した。

「そこは俺の役割でしょう。前戯《ぜんぎ》だってセックスの一環なんだし」

「女の子相手だったらそうだろうけど、男は違うんだよ。そんなロマンチックにはいかないの」

わかってないなと言いたげな、あるいは逆に自分がこれまで北村がつきあってきた女の子たちとは違うことに傷ついているような表情で、慎吾は反論してくる。

北村はきっぱりと言い返した。

「違わないよ。性別なんか関係なしに、俺は俺の好きな子を、自分の手で気持ち良くしたいんだ」

なだめすかし脅《おど》して、北村は慎吾にローションとゴムのありかを聞き出し、ためらう慎吾にやり方を確認しながら、慎吾のうしろを指でほぐしていった。

百戦錬磨のくせに、慎吾が見せる戸惑いと羞恥《しゅうち》は本物のようだった。だがやはりその部分の柔らかさや感度は初心者のものではなく、その心と身体の複雑に入り組んだ構造が、北村の男としての征服欲《せいふくよく》と嫉妬心《しっとしん》をいい感じに煽り、夢中にさせた。

慎吾への愛情を自覚した今は、慎吾の身体をこんなふうに開発してきた代々の男たちに嫉妬と苛立《いらだ》ちを感じずにはいられない。

だが、いざ挿入する段には、これまでの恋愛遍歴《へんれき》に感謝を覚えた。

本当はもっとたっぷり時間をかけて解してやるべきだろうに、辛抱《しんぼう》できなくなってしまい、やや強引に押し入ってしまった。これでもし慎吾が初めてだったら、相当キツい思いをさせていただろう。

「あぁ……っ」

挿入の圧力に耐えるように、慎吾が悲鳴をあげてのけぞる。北村自身も圧迫感にうめくほどだったので、痛かったかなと焦ったが、腹に反り返った慎吾のものから薄い白濁が腹に飛び散ったのを見て、苦痛の喘ぎ声ではなかったと知ってほっとする。

「……なんて言うんだっけ、こういうの。ところてん？」

強烈な締め付けに自分も持っていかれそうになって、それをこらえるためにわざとからかい口調で言うと、慎吾は色っぽく喘ぎながら、眼のふちを赤く染めて、北村を睨み上げてきた。

「……北村さんのが、デカすぎるからだよっ」

「また怒られた。……それとも褒めてくれたのかな」

「……褒めてる」

小さな声で言って、慎吾はそろそろと細い腕を北村の方に伸ばしてきた。

「ぎゅってしてもいい？」

かわいらしい懇願に愛おしさがさらに増して、「いいよ」と北村も慎吾の首の後ろに腕を回す。だが、この体勢で密着すると、慎吾の脚の関節を押しつぶしてしまいそうだなと思い、抱き合った体勢のまま、ぐいと慎吾を抱え起こした。

「うわっ！」

急に北村にまたがる体勢にされて、慎吾が悲鳴をあげる。

「やっ、なにを……」

「この方がラクだろう？」

「……っ、なんで初めてでそんなにチャレンジャーなんだよ」

慎吾はうしろに回した手でポカスカと北村の背中を叩く。

体位が変わったせいでぐっと結合が深まり、愉悦《ゆえつ》も深くなる。それは慎吾も同じらしく、北村の首筋にかかるはあはあという呼気がひどく熱い。

下からリズミカルに突き上げると、慎吾は官能的な声をこぼし、北村の背中に爪《つめ》をくいこませてきた。

「あっあ……ん……」

「気持ちいい？」

「いい……あ……すごい……」

「俺もいいよ」

耳たぶに軽く歯を立てながら囁くと、慎吾は小鳥のように身体を震わせた。

「……もう、今、死んでもいい……」

「ダメだよ、まだ俺たち、始まったばっかりだろう?」

「あ、あ、あっ………」

「クリスマスは二人でケーキを食べよう」

「……うん」

「年末年始は一緒に除夜の鐘を聞こう」

「ん……」

「二月は一緒に豆まきだよ」

「……北村さんが、あっ……鬼だから、ね」

「OK。三月は一緒に桜餅《さくらもち》を食べよう」

「うん」

「四月は、一緒にオカマの日を祝おう」

「……っ、こんなときにふざけないでよ」

「うっ」

ぎゅっと奥を締め付けられて、北村は思わずうめき声をあげる。

だってそんなことでも言っていないと、あっという間に持っていかれてしまいそうなのだ。

年間行事をすべて並べ立てようと思っていたのに、五月の柏餅《かしわもち》と六月の紫陽花《あじさい》見物までいったところで、北村の我慢も限界に達した。

再び慎吾を押し倒し、荒々しく奥を突くと、慎吾は甘い声で啼《な》き、何度も絶頂を極めた場所からまた白濁を漏らして背筋をのけぞらせた。

「…………っ」

北村も息をのみ、慎吾の中で今まで味わったこともないような深い絶頂を迎えたのだった。


カシャっという小さな音が、北村を眠りから呼び起こした。

なんの音だっけこれ？　ええと確か、携帯の……そうシャッター音だ。

音の正体を思い出してパッと目を見開くと、夜明けの薄明かりの中で、慎吾がこちらに携帯を向けていた。

北村が急に眼を覚ましたことに焦った様子で、パッと携帯を後ろに隠す。

「……なにしてるの？」

寝起きで抑揚《よくよう》が平坦《へいたん》になってしまったのを、慎吾は怒られたと勘違いしたらしい。うしろめたそうな顔で、携帯を差し出してきた。

「ごめんなさい。目が覚めたら、なんだか夢だったんじゃないかなって思って。一生の思い出に、事後の北村さんの顔を残しておこうかと……」

「……失礼だな」

北村がむっとしてみせたのは、寝顔を盗撮《とうさつ》されたからではない。慎吾がまるで一回きりの記念みたいなことを言い出すからだ。

見かけによらず臆病でペシミストな一面は、新鮮でもあるけれど。

北村は慎吾の手から携帯をとりあげた。

「クリスマスに二人でケーキを食べる計画は中止だ」

北村が言うと、慎吾が「え」と青ざめる。

そんな慎吾の肩を抱き寄せ、無理矢理ベッドに引きずり込んだ。

「クリスマスは細谷と山崎さんも誘って四人で飯を食おう。そのときに、俺たちのことを二人に大々的に発表するからな」

ただでさえ大きな慎吾の目が、まんまるに見開かれる。

慎吾の後頭部に左手を回して引き寄せ、唇を重ね、右手の携帯で自撮りする。シャッター音にビクっとなった慎吾に、北村は「お返し」と笑いながら携帯を返した。

「初夜明けのキスだから、ちゃんとアルバムに保存しておいてくれよ」

笑ってもらおうと思ってやったのに、慎吾は「ひーん」と泣き出してしまった。

「え、ごめん、嫌だった？」

「違うよ」

「じゃあ、寝起きで口がまずかったとか？」

「ばか」

慎吾は泣きながら笑い出し、北村にぎゅうっと抱き付いてきた。

くるくる変わる表情が、やっぱりとてもかわいいなと思う。

これが恋だと気付けてよかった。超ラッキー。

単純ばかだとよく言われるけれど、そんな自分が北村は案外好きだったりする。

そして腕の中で泣きながら笑っているできたての恋人のことは、その何百倍も好きだなと思う。

あとがき

AFTERWORD

―月村　奎―


こんにちは。お元気でお過ごしですか。

お手に取ってくださってありがとうございます。

今作は交互視点のお話になっております。今まであまり両視点ものを書いたことがなくて、多分シャイノベルス様で刊行していただいた「初恋大パニック」と、このお話の二作だけだと思います。

不慣れではありますが、書いていてとても楽しく、ノンストップでするすると書いてしまいました。

書きおろし部分も書くのが楽しすぎて、規定ページ数を超過してしまい、少しばかり定価をオーバーしてしまいました。申し訳ありません。その分、少しでもお楽しみいただけましたらと、愛をこめて書きました。

イラストは橋本《はしもと》あおい先生がご担当くださいました。小説を書く上で、こうしてすばらしいイラストをつけていただけることはなによりのご褒美《ほうび》で、本当に幸せです。みんなかわいいし、かっこいいし、食べ物はおいしそうだし、ラブいし、なんて身に余るご褒美……！

橋本先生、お忙しい中、美しいイラストを本当にありがとうございます！

前の文庫のあとがきで肩こりの話をしたら、親身に様々なアドバイスをいただき、とてもありがたく参考になりました。入浴剤やいい匂《にお》いのするお灸《きゅう》などを送ってくださった方もいらして、感謝でうるうるしながら、大切に使わせていただいております。お気持ちとともにすごく癒《いや》されます。ありがとうございます！

頂戴《ちょうだい》したご助言の中で共通していたのは、運動不足へのご指摘でした。自分でも痛感していたことだったのですが、元々運動が苦手でジムなどは論外だし、ウォーキングは暑さ寒さや花粉がアレだし……ということで、まずは引きこもり人間にうってつけのステッパーを購入してみました。これがなんだか遊具感覚ですごく楽しくて、好きなドラマやアニメなど見ながら、毎日踏み踏みしています。

まだ購入してから日が浅く、効果は実感できていないのですが、次のあとがきでよい変化をご報告できたら嬉しいです。

ではでは、またお目にかかれますように！

二〇一八年　三月

この本を読んでのご意見、ご感想などをお寄せください。
月村 奎先生・橋本あおい先生へのはげましのおたよりもお待ちしております。

〒113-0024 東京都文京区西片2-19-18 新書館
[編集部へのご意見・ご感想] ディアプラス編集部「それは運命の恋だから」係
[先生方へのおたより] ディアプラス編集部気付 ○○先生

- 初出 -
それは運命の恋だから：小説DEAR+16年ハル号（vol.61）
やはり運命の恋でした：書き下ろし
これも運命の恋だから：書き下ろし

[それはうんめいのこいだから]
それは運命の恋だから

著者：月村 奎 つきむら・けい

初版発行：2018年4月25日

発行所：株式会社 新書館
[編集] 〒113-0024
東京都文京区西片2-19-18 電話（03）3811-2631
[営業] 〒174-0043
東京都板橋区坂下1-22-14 電話（03）5970-3840
[URL] http://www.shinshokan.co.jp/

印刷・製本：株式会社光邦

ISBN978-4-403-52448-6